EW
エブリスタ
WOMAN

今宵は誰と、キスをする

滝沢美空著

三交社

今宵は誰と、キスをする

目次

プロローグ

柔らかい枕の感触とジャスミンの香りが心地良くて、まだ眠りについていたかった。それなのに、秋の陽射しが私のまぶたを刺激して、朝の訪れを知らせている。

仕方なく薄目を開くと、途端に眩《まぶ》しい光が差し込んできて、慌てて目をつぶった。逃れるように身体の向きを変えて、窓に背中を向ける。

再び安らぎに包まれ、眠りに誘われる。そのとき、ふと額に違和感を覚えた。温かい空気が規則正しく私の額を掠《かす》めているように感じる。まるで誰かの寝息のように……。

その瞬間、昨日の記憶がよみがえる。それは紛れもなく、人の呼吸に違いなかった。相手はずっと弟のように接してきた六歳年下の男の子だ。

昨日のこと、いや、今この瞬間も含めたすべてが夢であってほしかった。目を開けたら、見慣れた自分の部屋の景色が広がっていてほしい。そう祈りながら、私は恐る恐るまぶたを上げた。

目の前には、幼なじみの〝マコ〟――海老名眞《えびなまこと》の寝顔があった。動揺して視線をそらすと、服をまとっていないマコの裸身が目に飛び込んできた。

気づけば、私も何も身に着けていない格好でベッドの中にいる。

なんてことだろう。いくら彼氏がいないからといって、子供の頃から弟のように可愛がってきた男の子と、一夜を共にしてしまうなんて……。

大変なことをしてしまった。

これから先、私はいったいマコと、どう接していけばいいのだろう。

今はただ、この場から逃げ出したかった。

第一章　関係が変わった日

1

事件が起きたのは、十月下旬にしては気温の高い金曜日のことだった。

「ということで、ホームページの採用情報ページをリニューアルすることになった。そこで、種村《たねむら》さんには、仕事紹介のコーナーを任せたいと思ってる」

「承知しました。具体的には、どんな具合に変更していきますか？」

「うん。現状、ごく一般的な仕事紹介にしかなっていないから、各部署の担当者にインタビューして、うちの会社の特色が伝わるよう具体的な仕事の様子を記事にしてほしい」

上司の佐々木《ささき》課長とパーティションで区切っているだけのミーティングルームに入って、三十分ほど経つ。今回、リニューアルに踏み切ることになったのは、中途社員を積極的に採用することになったからだ。

「インタビュー相手の候補出しは私のほうですればよいですか？」

「いや、その点は心配いらない。すでに上からリストを渡されている。さっそくアポを取って、進めてくれ」

「はい、承知し……」

手渡されたリストに目を通していた私は息をのんでしまった。顔を合わせたくない人物の名前を見つけたからだ。

「どうかした？」

「いいえ、なんでもないです」

「そうか？　顔が引きつってたぞ。苦手な人でもいた？」

「いえ。まさか、いませんよ」

「それならいいけど。問題があるようなら相談してくれ」

「はい。ありがとうございます」

ミーティングを終えて、自分のデスクへと戻り、改めてインタビューリストに目をやる。

〝甲本《こうもと》敢太《かんた》〟

リストの営業部門に記載されていたのは、一年前に別れた彼氏の名前だった。敢太とは同期で、入社二年目の九月から五年目の十一月まで付き合っていた。しかし、ごく限られた相手にしか話していなかったため、社内に私たちの関係を知る人はほとんどいない。私は人事部なので、営業部の彼とは別れて以来、仕事上の接点もなかった。

ため息がこぼれそうになるけれど、任された以上はそんなことも言っていられない。私は心の中で何度も〝これは仕事〟だと繰り返し、社内用のチャットツールを起動した。社員同士の連絡は、メールではなくこのチャットツールを利用することが多い。一対一はもちろんのこと、複数の相手とのやりとりが簡単にできるからだ。

私は、インタビュー対象者全員をチャットルームに招待して、依頼を送付した。

『みなさんのご都合のいい日時を個別にご連絡ください』

そう最後に付け加えると、気にしていた敢太から真っ先に返信が届いた。

『お疲れ。今日はもう外出しないから、いつでも大丈夫だよ』

敢太は普通に返事をしただけだろうけど、言葉の端に親しみを感じて、懐かしさが込み上げる。かつて付き合っていた仲なのだから、逆にかしこまられるほうが不自然かもしれない。アラサーにもなって、少女マンガの主人公並みにこんな些細《ささい》なことで心を揺らす自分が少し恥ずかしかった。

気を取り直して、私はキーボードに指を走らせた。

『では、一時間後にミーティングルームにお越しいただけますでしょうか』

くだけた返事をくれた敢太と対象的に、業務連絡と割り切った返事を送ると、すぐに『OK』という短い返事がきた。早速、私はインタビューの準備に取りかかった。

この会社に興味を持った理由、営業を志望した動機、一日のスケジュール、そして、どういう人に入ってきてほしいかなど、他社のホームページを参考にしながら質問項目を考えていく。けれども、こうした経験が初めてなこともあって、なかなか上手くまとまらない。いたずらに時間ばかりが過ぎていく。

私は水筒を手に取り、麦茶をひと口、口に含んだ。冷たい感覚が喉を通ると、不思議と心が落ち着きを取り戻す。

ようやく形になったところで時計を見ると、約束の時間まであと十分を切っていた。急いで私はデスクの下に置いてあるバッグからポーチを取り出してトイレへ向かった。

鏡を見ると、ファンデーションは取れかけていて、額や小鼻がてかっていた。あぶらとり紙で丁寧に顔を押さえ、ファンデーションとグロスを塗り直した。

敢太への未練はない。あのとき、別れを切り出したのは彼だけど、お互いに納得してのことだった。だから、あの頃の関係に戻りたいわけではない。それなのに、今、私は少しでも自分を綺麗に見せようとしている。

その理由に気づくと、鏡の中の自分に向かって思わず苦笑した。きっと私は、彼にまだ〝女〟として見てもらいたい気持ちがあるのだ。

最後に私は肩までかかる髪を手櫛《てぐし》で整えると、トイレを後にした。そして、デスクに戻ってノートパソコンを手に取ると、急いでミーティングルームへと向かった。

パーティションの中をのぞくと、まだ敢太の姿はなかった。呼び出しておいて、遅れるのはばつが悪かったので胸を撫で下ろした。

とりあえずノートパソコンを開いて、質問内容を再確認する。すでに約束の時間は過ぎているのに、敢太は現れない。急な電話に対応しているのかもしれないと思いつつも、待つ側になった途端、気持ちは焦りから苛立ちへと変わる。しかも、心中は複雑で、早く来てほしいと思う半面、いっそ来なければいいとも思う。

さっきから未練はないと思いながらも化粧に気を遣ったり、先に到着していないことに安堵したり、今度は待たされたら苛立ったりと、気持ちが忙《せわ》しなく変わって落ち着かない。こんな気分になるのはいつ以来だろう。

約束の時間から五分ほど過ぎて、ようやく敢太が姿を現した。

「ごめん。上司に呼び止められちゃってさ。待たせたお詫びにコレ」

敢太は缶コーヒーを私の前に差し出すと、向かいに座った。

「あ、ありがと」

敢太は私の好みを知りつくしているから、カフェオレの中でも一番好きな銘柄のものを買ってきてくれた。紛れもなく、私たちの間に積み重ねてきた時間がある証《あか》しだった。

「もしかして、冷たいほうがよかった？」

「ううん、ホットがいい」

「だよな」

昔、私が「このカフェオレはアイスよりホットのほうが美味しい」と言ったことを、覚えているのだろう。

私とは対照的に、敢太はいつも違う銘柄のコーヒーを飲んでいた。そういえば、一度「なぜ同じものばかり買うのか」と聞かれたことがあった。あのときは「冒険するのが怖いから」と答えたけれど、本当は自分でもよくわかっていない。

付き合っていた頃は、よく一緒にコーヒーを飲んだ。仕事のこと、友達のこと、家族のことを話しながら時を過ごした。それだけで幸せで、明日も仕事を頑張ろうと思えた。あの頃の気持ちを大切に持ち続けていたら、未来は変わっていたのだろうか。

カフェオレをもらっただけで昔のことを思い出して、胸が苦しくなる。私は缶の蓋《ふた》を開けて、ひと口飲んだ。口の中にほのかな苦みと甘みが広がった。

「こうやって話すのは久しぶりだよな」

そう言った敢太の顔は、どこか切なそうに見えた。困ったように笑うところは昔から変わっていない。

敢太はサッカーが好きで、週末はよく友達と試合をしていた。そのせいでスーツの上からでも、筋肉質の引き締まった身体であることがわかる。一年中陽に焼けていて、短髪なこともあって、女子社員からは爽やかだと人気だ。

「そうだね。すごく久しぶり。いつも忙しそうに見えるけど、時間もらって大丈夫だった？」

「全然。こういうことも大切だと思うしな。俺よりもインタビュアーの彩《あや》のほうが大変なんじゃないか？」

「そんなことないよ。じゃあ、そろそろ始めるね」

「ああ。よろしくお願いします」

　無理やり仕事モードに切り替えた私は、あらかじめ用意しておいた質問を敢太に投げかけた。

「では、まずうちの会社に入社を決めた理由はなんですか？」

「うーん、まずはインターネット広告業界に興味があったことかな。それで、いろいろ就活したんだけど、OB訪問のときに出会った人たちが、みんなイキイキしていて、俺もこんなふうに働いてみたいって思ったのが一番かな」

「なるほど。じゃあ、次にどうして営業職を選んだのか教えてもらえますか？」

　私の質問に、敢太が答えていく。私はパソコンでメモを取りながら、じつのところ、敢太の話を聞かなくても、答えのほとんどを知っていることに気がつく。志望動機も、どうして営業を希望したのか、どんな一日を過ごしているかも、お酒を飲みながらそういう話をして盛り上がったことがあるからだ。

順調にインタビューは進んでいき、用意していた質問にはすべて答えてもらった。話し続けていたせいか、敢太の表情には心なしか疲れが滲《にじ》んでいるように見えた。それは私も同じで、話を聞きながらメモを取るのは、想像以上に大変な作業だった。答えの内容を予測できる敢太相手でもこうなのだから、正直、先が思いやられた。

「これで、インタビューは終わりです。どうもありがとう」

「こちらこそ。就活してた頃を思い出して楽しかったよ。もし追加で質問したいことがあったら、いつでもチャットして」

「うん、ありがとう」

敢太は椅子から立ち上がり、空になった缶を手にした。その様子を見ながら、私はホッとする一方で、寂しさを感じていた。やっと微妙な空気から解放されるというのに、もう少しこのまま話していたいと思う自分がいた。

目が合えば、そんな気持ちが伝わってしまいそうで、私はパソコン画面を真っすぐに見ていた。仕事をしている振りをしながら、敢太がこの場を去るのを待っていると、彼が話しかけてきた。

「なぁ」

「何？」

「今日をきっかけに、またご飯行ったりしようよ。数少ない同期だしさ」

「え？　ああ……うん、そうだね。都合が合えば」

「おう。じゃあ、また連絡するから」

　そう言い残して敢太はミーティングルームを出ていった。

　再びパソコンに視線を合わせたものの、私の頭の中に画面の文字は何一つ入ってこなかった。キーボードに触れている手も動かせずにいた。ここ数カ月で一番心が揺れて、身体が熱くて、鼓動が激しく脈打っている。

　でも、この感覚は、恋をしたときのそれとは違う。きっと、つらくて、苦しくて、悲しかった頃を思い出して動揺しているだけだ。

　敢太の表情は真剣で、何かを訴えているようだった。でも、そのとき、私の脳裏を掠めていたのは、別れ際に「俺たちは同期のままでいたほうがよかったと思う」と言われた記憶だった。

　敢太は今、〝同期〟という言葉を何げなく口にしただけかもしれない。でも、私のほうは金縛りにあったように身体が硬直した。

　敢太は本当に同期として仲良くしたいと思っているのだろうか。仮にそうだとしても、私にはその要求に応えられそうもない。単にそう思っているなら、私のことを下の名前で呼んでほしくなかった。

すぐにデスクに戻る気になれなかった私は、急な連絡が入っていないかを確認するため、パンツのポケットからスマホを取り出した。すると、LINEの着信ランプが点滅していた。ロックを外してメッセージを確認すると、幼なじみのマコからだった。

『彩姉、今夜空いていたら、一緒にご飯食べない？』

こうした連絡は久しぶりだった。大学進学で上京したマコは、初めのうちは自炊もできず、それでいて遊び回っていたせいで、よく食事に困って私の家にご飯を食べにきていた。

大学四年生になった今ではそういうことはなくなったけれど、今日は久しぶりにご飯を作ってほしいのかもしれない。

『大丈夫だよ。外で食べる？　それとも私の家で何か作ろうか？』

そう返すと、予想外の返事がきた。

『よかったらこっちに来ない？　今日は俺がご飯を作ってあげたいなって』

「あのマコが……」

私は思わず独り言を呟《つぶや》いていた。数年前まではろくに家事もできなかったのに、いつの間にこんなに成長したのだろう。

『じゃあ、お言葉に甘えて、お招きにあずかろうかな』

マコの成長をしみじみと感じながら、そうメッセージを送って席を立った。弟のような存在であるマコの成長が嬉しくて、少し元気を取り戻した気がした。

ミーティングルームからデスクに戻ると、同期の小池夏子《こいけなつこ》が近づいてきた。彼女は総務部のため、人事部の私とは席が近い。

「彩、突然だけど今日飲みに行かない？　同期で飲みに行こうって話が出てて」

「あっ、今日は定時退社日か。でも、ごめん。幼なじみと約束があって」

「そっか、残念。じゃあ、また今度」

「うん、また誘って」

そう言って、夏子は自分の席に戻っていった。

毎週金曜日は定時退社日となっていて、こんなふうに突然飲み会に誘われることがある。夏子はお酒が強くて社交的な性格だから、よく飲み会やイベントの幹事をしている。さばさばした性格で、ショートヘアとパンツスーツ姿が似合う彼女は、性別に関係なくみんなに好かれている。

もちろん敢太とも仲が良く、オフィス内で話しているところをよく見かける。もしかしたら、今日の飲み会も二人で企画したものかもしれない。

昔はよく同期で集まって、飲み会だけでなく、バーベキューやスノーボード、ダイビングなどにも出かけた。私と敢太が別れてからその機会は格段に減り、そのことを一番寂しがっているのは夏子だった。きっと、またみんなで仲良くできるように動いているのだろう。

敢太といい、夏子といい、同期が大事だと言うけれど、私には正直よくわからない。同期であろうがなかろうが、気が合う者同士で集《つど》えばいいだけだと思う。

でも、そう考えてしまうのは、敢太と顔を合わせるのが気まずいせいなのかもしれない。もし、私たちが別れていなかったら、今でも同期で仲良く出かけていたのだろうか。

そう思うとまた胸が苦しくなるけれど、いつまでもこうしているわけにはいかない。佐々木課長の目もあるし、マコとの約束があるから、定時までに仕事を終わらせて、会社を出たい。私は無理やりスイッチを入れて、仕事に意識を集中させた。

三時間後、オフィス内に定時を知らせるチャイムが鳴った。

金曜日にこの音を聞くと、ようやく一週間が終わったという解放感に包まれる。可愛いマコを待たせたくはない。その一心で、私は急いで帰り支度を始めた。

オフィスに残っている同僚に挨拶をして、早足でエレベーターホールへと向かう。歩きながら肝心なことを聞き忘れていることに気づいた。

現在のマコの居住地だ。大学の近くに住んでいると聞いた記憶はあるけれど、それすら最新情報かどうかわからなかった。

エレベーターホールに到着し、階数表示のランプを見上げると、一階に向かっているところだった。ちょうど、帰宅ラッシュの時間帯のため、二十七階のここまで上がってくるには時間がかかりそうだった。

バッグからスマホを取り出して、住所を尋ねるメッセージをマコに打っていると、「彩ちゃん、お疲れさまー」と後ろから声がした。振り返ると、同期の櫻井《さくらい》さつきが手を振って駆け寄ってきた。

「さつき。あっ、夏子も。お疲れさま」

さつきの後ろを、夏子と敢太、そのほか三名の男性社員が楽しそうに話しながら歩いてくる。みんな同期の仲間だ。これから飲みに行くところなのだろう。

「今日彩ちゃんは来られないんだっけ？　残念すぎるー」

「そうなの。今日は約束があって」

そんな会話をさつきと交わしながら、私たちは一緒にエレベーターに乗り込んだ。

近くで見ると、いつものようにさつきの目元はつけまつ毛が際立っている。彼女は会社でも私生活でも露出度の高い服を着ていて、香水も強めのものが好きだ。たちまち狭い空間に、甘い香りが充満する。彼氏がいても合コンに出かけるほどの男好きで、同僚からは〝恋愛の師匠〟と呼ばれている。

本来、私とは違う世界に住む人だ。同期であるがゆえ、話をするようになったけれど、学生の頃ならクラスが同じでも友達にはならなかっただろう。でも、仲良くなるにつれ、意外に優しくて友達想いであることがわかり、今は知り合えてよかったと思っている。

一階でエレベーターを降り、広いロビーをエントランスへと向かう。すると、突然さつきが前方を小さく指差して黄色い声を上げた。

「あそこにいる人、超カッコいい。モデルみたーい！　でも、どっかで見たことがあるような……」

どうやら彼女のイケメンレーダーが反応したらしい。これからの飲み会よりも、目の前のイケメンに夢中のようだ。

「さつきは男のことになるとこれだから……。あっ、でも本当だ。ただ、ずいぶん年下じゃない？」

夏子はさつきの様子に呆れつつも、さつきが指差した方向を見ながら冷静に分析する。

私もつられて目を向けると、そこにはよく知っている顔があった。

「マコ！」

名前を呼びながら駆け寄ると、マコは子犬のような笑顔を見せて大きく手を振った。

「彩姉！　お仕事、お疲れさま」

「ありがとう。もしかして、ずっと待ってた？」

「ううん、さっき着いたばかりだよ。彩姉を驚かせようと思ってさ。ところで、この人たち、みんな俺の部屋に来るわけじゃないよね？」

マコは小声で話しながらすぐ後ろに視線を送った。きっと、さつきと夏子がついてきたのだろうと思って振り向くと、敢太たちも一緒にいて驚かされる。

「彩ちゃん、こんなイケメンといつ知り合ったの？　もしかして彼氏？」

さつきが目を輝かせながら私に尋ねる。

「違うよ。幼なじみの海老名眞くん。大学四年生なの」

「そうなんだー。もしかして、今日の約束って？」

「そうだよ」

そう答えると、なぜか夏子が納得のいかない表情をしている。

「幼なじみがいるって聞いてはいたけど、てっきり女の子だと……」

「俺も。〝マコちゃん〟って聞いていたから、女の子だと思ってたよ」

夏子に同調したのは敢太だった。付き合っていた頃にマコの話をしたことはあるけれど、言われてみれば、女の子に勘違いされても仕方がなかった。決して隠していたわけではないけれど、なんだか嘘をついていたようで気まずくなる。

私は笑顔でごまかしながら敢太に言った。

「ごめん、ごめん。えっと……じゃあ、私たちはそろそろ行くね」

「ちょっと待って。ここで会ったのも何かの縁だし、このまま一緒に飲みに行こうよ」

「え？」

まさか敢太がそんなことを言うとは思わなかったから、すぐに返事ができなかった。

「そうだ、そうしようよ。そしたらマコくんとも一緒に飲めるしさー。もちろん、お姉さんたちが奢《おご》ってあげるよ」

「まあ、さつきにマコくんを近づけるのは危険だけど、私も賛成。みんなで飲んだほうが楽しいと思うし。どうかな?」

夏子とさつきは、敢太の提案を後押しするような発言をした。

同期のみんながいる場だとしても、私は敢太と一緒に飲む心の準備ができていない。でも、マコにとってはメリットのある話かもしれない。ご飯を作らなくて済むだけでなく、来年就職する彼としては、社会人の先輩と交流するのはいい経験になるだろう。

そう考えると、ここは自分よりもマコの気持ちを優先すべきかもしれない。

「マコ、どうする?」

「お誘いはありがたいんですけど、またの機会にお願いします。……じゃあ、そろそろ行こう、彩姉」

「う、うん……。じゃあ、また来週。お疲れさまでした」

マコはあっさりと誘いを断り、みんなに軽く頭を下げると、私の手を引いてエントランスに向かって歩きだした。手を引く力は強く、歩くスピードも速い。

きっと、早くこの場を去りたかったのだろう。私は気を回しすぎて悪いことをしたと思った。

会社から品川《しながわ》駅港南《こうなん》口までは徒歩十分程度の距離にある。駅に近づくにつれ、歩道には多くの人が列をなして歩いていた。

マコが周囲に合わせて、歩くペースを落とす。だけど、私の手はずっと掴んだままでいる。たぶん、こんなふうにマコと手を繋《つな》ぐのは、彼が小学生のとき以来のことだ。

「マコ、そろそろ離して」

「別にこのままでよくない？　彩姉とは子供の頃から手を繋いでたんだから、今さら意識する関係でもないでしょ」

「まあ、そうだけど……。会社の人が見ているかもしれないし」

「そんなの幼なじみだって言えばいいじゃん」

「まあ、うん、そうだね……」

そんな言い訳は通用しない気もするけれど、結局、手を繋がれたまま駅まで歩いた。

たしかに私はマコを弟のように思っている。でも、もうお互いに子供ではない。異性として意識したことはないけれど、私は初めてマコとの距離に違和感を覚えた。

改札を通り、マコの後ろについて山手線《やまのて》のホームに向かう。

「そういえば、マコの家ってどの辺りなの？」

「今は吉祥寺《きちじょうじ》に住んでるよ」

「吉祥寺って、おしゃれな人しか住んでいなさそうなイメージだけど」

「そんなこと言っていると、田舎者だって思われるよ。でも、俺もおしゃれな街に住みたいって思って吉祥寺を選んだんだけどね」

吉祥寺に住んでいると知って驚いたけれど、若くてルックスのいいマコには似合っていると思う。

電車に揺られながら、改めてマコを観察してみる。髪は落ち着いたブラウンに染められていて、サイドは綺麗にカットされているけれど、前髪は流れるようなウエーブがかかっている。スタイルがいいからか、シャツの上にカーディガンを羽織っているだけでも格段におしゃれに見えるうえに、胸元からさりげなく見えるネックレスや、手首に光るシルバーのバングルなどアクセサリー使いも凝っている。

「どうしたの、さっきからじろじろ見て」

「ごめん。さっき会社で会った派手めの子がいたでしょ。あの子がマコのことをモデルみたいだって言ってたから」

「それ、嬉しいな。……あ、次で乗り換えるからね」

「わかった」

渋谷《しぶや》で山手線を降り、井《い》の頭《かしら》線に乗り換える。吉祥寺駅に到着した頃には、もうすっかり陽が落ちていた。

　昼間は何度か遊びに来たことがあるけれど、夜の吉祥寺は初めてだ。若者の街というイメージが強かったけれど、この時間になると、もっと大人びた街に感じられた。

「俺の家はこっちだよ。十分くらい歩くから」

「駅から結構近いんだね。家賃高そう……」

「まあね。最近はバイトも頑張ってるから、なんとか暮らせてるよ」

「え？　おじさんに払ってもらってるんじゃないの？」

「仕送りはもらってるけど、半分は貯金できるようにバイトに励んでるんだ。意外と真面目でしょ？」

「うん、頑張ってるね……」

　マコには申し訳ないけれど、まだ学生なのに貯金をしているとは、意外だった。私が大学生のときは、実家暮らしだったにもかかわらず、いつもお金がなくて貯金どころではなかった。

　そんな私に比べて、マコは立派だと思うけれど、いったいどんなバイトをすれば、仕送りの半分も貯金できるのだろう。まさか、危しげなことに首を突っ込んでいるのではないかと、心配になってしまう。

「ねぇ、マコのバイトって……」

「あ、そうだ。彩姉、ここでメイク落としとか買っていくでしょ?」

私の質問は立ち止まったマコの言葉にかき消されてしまった。気がつくと、目の前には大きなファッションビルがある。

「メイク落とし?」

「うん。今日泊まるのに必要でしょ。あとは化粧水とか、美容液とかさ」

「えっ? いいよ。終電までには帰るから」

「なんで? 泊まっていきなよ。ここから彩姉の家まで遠いじゃん」

通勤に三十分かからないという理由で決めた、私の家の最寄りの大森《おおもり》駅まで、吉祥寺からならたしかに一時間弱かかるだろう。徒歩の時間も合わせれば、一時間半は見ておきたい。それに今日は金曜日だから、遅くなればなるほど電車は酔っ払いで混み合うだろう。できることなら、乗りたくはない。

「そういう選択肢はなかったよ」

「どうして? もしかして、俺のこと警戒してる? 子供の頃から家族ぐるみで旅行に行ってたのに、何をいまさら意識しちゃってんだか」

マコはニヤニヤしながら、肘で私の腕をつついた。なんだか、からかわれているようで少し苛立つ。

「別に、意識なんてしてないから。マコのこと、男として見たことなんてないもん」

思わず、強い口調で言い返してしまった。けれども、マコは気にするどころか、余裕の笑みを返してきた。

「珍しくムキになって、まさか図星？　彩姉ってイヤラシイんだね。俺のことそんな目で見て」

「だから、そんなふうに見たことないってば、もう……。年上をからかうのはやめなさいよね。さっさと中に入ろ」

「はーい」

無意識にマコの言葉を打ち消したかったのだろう。結果的にマコに乗せられる形で、私は自らビルに入っていった。

買い物を終えてしばらく歩いていくと、マンションが建ち並ぶ住宅街に出た。

「俺の家はここだよ」

見ると、マコの家はタイル張りで高級感のある綺麗なマンションだった。オートロックつきのエントランスは、うちのマンションよりも立派だ。

「ずいぶん、いいところに住んでるね」

「そうかな？　ありがとう！　さ、早く入ろう」

私はマコの後に続いて、エントランスに足を踏み入れた。

マコの部屋は六階でエレベーターを降りて一番奥だった。鍵はカード式で、私の家よりも設備のランクも高い。

「さあ、どうぞ」

玄関で靴を脱ぎ、マコに案内されるまま中に入ると、部屋は木目調の家具で統一され、その配置にもセンスが感じられた。まるでモデルルームのように洗練された空間でありながら、暖色系のカーテンやラグ、観葉植物が置かれていて、ここにいるだけで落ち着くような温もりもある。

自分の部屋と比較すると、恥ずかしくなってしまうほどだった。

「もう、私の家にはマコを呼ばないことにする」

「え⁉　なんで？」

「別に。なんとなく」

「とりあえずソファでくつろいでてよ。こっちはいろいろと準備があるからさ」

マコはご丁寧に、エプロンをつけてキッチンに立った。

「何か手伝うことある？」

「大丈夫。ほとんどできてるから」

「そうなの？　すごいね。でも、なんか手伝うことあったら言ってね」

すでに準備が整っているとは思わず、感心してしまう。下手に動くと邪魔になりそうだったので、私は言われたとおりにソファに座った。マコが料理をして、ただそれを待つのは初めてのことで、慣れない状況にそわそわしてしまう。

手持ち無沙汰にリビングのテーブルに置いてあったテレビのリモコンに手を伸ばす。バラエティー番組にチャンネルを合わせたものの、キッチンの様子が気になって、まるで頭に入ってこない。だからといって、しつこく手伝おうとして、機嫌を損ねられるのも嫌だった。

おとなしく待っていると、軽快な包丁の音に続いて、食欲をそそる匂いが漂ってきた。どんな料理がテーブルに並べられるのか、だんだんと楽しみになってくる。

しばらくすると、大きめのお皿を両手に持って、マコがキッチンから出てきた。

「ダイニングテーブルなんてないから、ここで食べることになるけどいい？」

「もちろん。って、すごい！　これ、本当にマコが作ったの？」

テーブルには白身魚のカルパッチョとエビのアヒージョ、チーズフォンデュに、高級そうなステーキが並べられた。まるでお店に出てくるような料理ばかりだ。材料費だけでもかなりかかっていそうで心配になってくる。

「頑張って作ってみたよ。盛りつけにもこだわってみたけど、どうかな？」

「すごすぎるよ。プロ顔負けって感じ！」

「大げさだなぁ。そうだ、飲み物は何がいい？　カクテルでも作ろうか？」

「じゃあ……カシスオレンジとかできる？」

マコは「もちろん」と、得意げな笑みを浮かべてキッチンへ戻っていった。

私の家より広くて綺麗で、センスの光るインテリアに、驚くほどの料理の腕前。これでは年上としての威厳を失ってしまいそうだ。

「人って、気づかないうちに成長していくのね……」

「急にどうしたの？　ほら、できたよ、カシスオレンジ」

コルク製のコースターの上にグラスが置かれた。グラスの端にはカットされたオレンジまで飾られている。

「カクテルまでお店で出てくるものみたい……」

「大げさだって。これくらい簡単に作れちゃうし。それよりほら、早く乾杯しよう」

そう言ってマコは、ビールの入ったグラスを掲げた。私もカクテルのグラスを手に取り、二人で「乾杯」と言ってグラスを合わせた。

「こんなに豪華な料理を前に乾杯するなんて、お祝い事でもしているみたいだね」

「じつはね、個人的にいいことがあったんだ」

「えっ、そうだったの？　いいことって何？」

まさか本当にそうだとは思わなかった。私は箸を置き、背筋を伸ばしてマコの言葉を待った。

「就職が決まったんだ」

「おめでとう！　よかったじゃん。で、どんな仕事するの？」

　もう十月下旬だ。きっと、なかなか決まらなくて苦戦したのだろう。私自身も就職活動にはものすごく苦労した経験があるから、自分で自分を褒《ほ》めたくなる気持ちはよくわかるし、精いっぱいお祝いしてあげたいと思った。

「俺、プロのダンサーになるんだ」

「えっ？」予想もしていなかった返事に、私は虚をつかれてしまった。

「プロのダンサーになるって、どういうことなの？」

「プロダクションに所属することが決まったんだ。イベントに出たり、ダンサーのバイトをしたりして、地道に人脈を作ってたら社長に気に入ってもらえてさ」

「そうなんだ……すごいね！　でも正直、ちょっと心配。こんな言い方したらあれだけど、食べていけるの？」

　私の率直な感想だった。マコは幼い頃からダンスを習っていて、数々の大会で結果を残してきたことは私も知っている。大学でも続けているとは聞いていたけれど、あくまでそれは趣味の範囲であって、どこかの企業に就職するものだと思っていた。

「彩姉の反応は普通だと思うよ。でも、夢だったんだ」

　マコはビールをひと口喉に流し込むと、話を続けた。

「不安定な仕事だっていうのはよくわかってる。だから、もしものことを考えて大学で教員免許を取ったんだ」

そう語る横顔は、今までのマコとは別人のように見えた。

夢を持って、夢に悩んで、夢と一緒に生きる道を選んでいたなんて知らなかった。マコの成長をこれまで見てきたからこそ、涙が込み上げてくる。

「そっか。いっぱい悩んで、夢に向かって突き進むことにしたのね。お姉ちゃんは、そんなマコを誇りに思うよ」

「ホント？　彩姉にそう言ってもらえるのが一番嬉しいよ」

マコは本当に嬉しそうに笑っている。その笑顔はさっきとは違って、子供のようにあどけないものだった。

やっぱり、今隣にいるのは昔から知っているマコだ。当たり前のことだけど、そう再認識した私は、お酒を勢いよく飲んだ。

「よし、今日はお祝いなんだから、たくさん食べてたくさん飲もう！」

「そうこなくっちゃ」

私たちは再び乾杯をして、豪華な料理を食べ始めた。

ほろ酔い気分になった頃、突然マコが敢太の話題を持ち出した。

「そういえばさ、今日会社で会った男の人って元カレ？」

「え？　どうしてわかったの？」

前に会社の同期と付き合っていたことも、別れたことも話したけれど、写真を見せたことはなかった。それなのに、なぜ気がついたのだろう。

「そんなの簡単だよ。俺のこと、すごい目で見てたもん。嫉妬の目っていうか……。飲みに誘ったのだって、俺たちを二人きりにさせたくなかったからじゃないかな」

「えっ、まさか。もうすぐ別れて一年になるし、お互いに未練なんてないよ」

「彩姉ってば、男心がわかってないな。アラサーなのに」

アラサー女子に面と向かってアラサーだと言うのは禁句である。それが許されるのは、本人と同世代の女性だけだ。特にマコのようにまだ二十代前半の若者に言われるのが一番イラッとくる。

「はぁ？　いまどきアラサーとか関係ないし。女性に年齢のことを言うなんて、デリカシーないね」

お酒を飲んでいるということもあって、余計に感情が表に出る。

「ちょっとからかっただけなんだから、そんなに怒らないでよ。あ、そうだ。気分転換にお風呂に入ってきたら」

マコはクローゼットの中からバスタオルとスウェットを取り出すと、押しつけるように手渡してきた。

「じゃあ、いってらっしゃい」

「えっ、今すぐ？　……わかった、行ってくるよ」

マコの勢いに押される形で、必要なものを持って浴室に向かった。

昔から生意気なところはあったけれど、こんなに強引なことはなかったと思う。それに、私のほうがかなり年上だから、たとえマコがわがままを言ってもなだめていた。

それなのに今、受け入れてしまったのは、大人の男に成長したマコに、少なからず動揺しているせいなのかもしれない。敢太に対しての観察眼もそうだ。一人前に、わかったような口を利いていた。

ただ、敢太が私たちを二人きりにさせたくないというのは考えすぎだ。敢太は私と付き合っているときも、女友達と二人で飲みに行っていた。それがずっと嫌だと思っていたのに私は、一度もそのことを口にできなかった。

きっと、敢太は男女の友情というものを信じているのだろう。だから、これくらいのことで、嫉妬するわけがない。

私はもやもやした気持ちを、身体の汚れとともにシャワーで流した。

お風呂から上がり、マコから借りたスウェットを着て部屋に戻る。すっぴんのままだけれど、マコの前ではまったく気にならない。

それよりも気になるのは、ズボンのウエストである。男性用だから袖丈と股下はまくる必要があるほど長いのに、腰回りだけはちょうどいい。つまり、マコは私より手足が長いのに、ウエストは同じくらいということだ。

「意外と似合ってんじゃん」

「……どうもありがとう」

そう答えたものの素直に喜べるわけがない。むしろ真剣にダイエットをしようと、心に誓った。

「じゃ、俺も入ってくるから。この後、まだまだ飲むんだから、寝ちゃだめだよ」

「はいはい。わかってるって」

ソファに座り、壁に掛けてある時計を見ると、もう十時を過ぎていた。これからまた飲み直すとなると、深夜になるかもしれない。マコは若いから大丈夫だろうが、私は自信がない。

そんなことを考えているうちに、マコがお風呂から上がってきた。

「よかった、寝てなくて」

「正直、お風呂に入るまでは少し眠かったけど、今は酔いもさめてるよ」

「よし！　じゃあ、今から飲み直しだね」

マコは冷蔵庫からビールと缶チューハイ、そして適当なおつまみを持ってきてくれた。

「では、改めて乾杯しよう！」

私は缶チューハイを手に取り、マコの缶に軽くぶつけてお酒を飲み始めた。

初めのうちは家族の近況や地元のあるある話などで盛り上がっていた。けれど、次第に恋愛に関する話題に移っていった。

「彩姉は、あの人と別れてどのくらい？」

「もう一年くらい経つかな」

「今は気になる人とか、言い寄ってくる人っていないの？」

「残念ながら、いないんだよねぇ。寂しい女でしょ……。自分でも悲しくなる」

この年になって彼氏候補すらいない事実を自分で口にすると、余計につらくなる。十代の頃は〝二十代のうちに結婚して子供が欲しい〟と思っていたけれど、どうやらその目標には程遠そうだ。

「ほんっと、やってられない」

現実から目を背けるように、お酒を勢いよく流し込んだ。

昔からグレープフルーツ系のチューハイに弱い。飲みやすいぶん、気がついたときには悪酔いしていることも多い。なんだか、少しずつ身体がふわふわしているような感じになっていく。

「あの人と別れてから、男の人と手を繋いだりしてないの？」

「うん」

「じゃあ、俺が久しぶりの相手なんだね」

「何言ってんの。マコは男としてカウントしてないよ」

いつもの調子でそう返すと、マコが表情を曇らせた。

「やっぱり、それが本音だよね……」

「えっ、何？」

「別に」

マコは、あからさまに不機嫌そうに目をそらした。どうしたのだろう。ここに来るまでにも似たようなやり取りはあったけれど、そのときは笑顔を見せていたはずだ。

少し心配になったものの、お酒に酔っているせいで、私はあまり気に留めなかった。

そして、からかい半分にマコの顔をのぞき込んだ。

「ごめん。ご機嫌直してよ」

「……男として見てないってことはさぁ」

「ん？」

「俺が彩姉に触れても、どうってことないんだよね？」

「えっ？　ちょ、ちょっと……」

急にマコに腕を掴まれて、飲み終えたチューハイの缶が、軽い音を立てて床に転がった。次の瞬間、身体を引き寄せられ、私はマコの首筋に顔を埋めていた。久しぶりに感じる人の温もりだった。

昔は女の子と間違えられるほど華奢《きゃしゃ》だったマコなのに、たくましくなった腕で身動きできないほどの力で抱きしめる。

「どうしたの、マコ……」

「彩姉こそ、なんで動揺してるの？　俺がこんなことをしても平気なんだよね？」

「別に動揺なんて……。お、大人をからかってないで、早く離してよ」

今、自分の身に何が起きているのか理解できなかった。ただ、マコに抱きしめられた途端、身体が熱を帯びたことだけはわかった。

「俺だって、もう大人だよ」

マコは吐息交じりに呟くと、私から身体を離した。そして、真っすぐに私を見つめた。その瞳は色気を放ちながらも、切なく揺れているように見えた。

「それに俺……男だよ」

目の前にいるマコは、もう私の知っている幼なじみの男の子ではない――。そう悟った瞬間、大きな手の平が私の頬を優しく包み込んだ。

目を閉じることも、抵抗することもできずにいると、マコの柔らかい唇がそっと私の唇に触れた。その優しく繊細なキスは、一瞬にして私の身体に魔法をかけた。マコのことも、周りの景色も、すべてがまるで初めて見るもののように感じられた。

突然の展開にただでさえ動揺しているのに、酔っているせいか頭が正常に働かない。

「マコ……どうして……？」

「どうしてって、普通だよ。男として、当たり前の欲求に身を任せているだけ」

「……」

「彩姉ってホントに無防備すぎ。そんな簡単に男の部屋に泊まりに来たら、誰だって襲っちゃうよ」

　過激な言葉とは裏腹に、マコが私の頭を優しく撫でる。私にはその手を止めることも、言い返すこともできなかった。マコはもう立派な大人の男性だ。それに気づかず、ここに来てしまった私が軽率だったのだ。

「ねえ、目をそらさないで」

　顎《あご》を持ち上げられ、再び顔を向き合わされる。

「だって、こんなこと……」

「二人ともフリーだし、何したって誰にも迷惑かけないよ。ねえ、お互いに寂しさを埋め合ったって、いいんじゃない？」

「さ、寂しさなんて……」

「彩姉、もうこれ以上、何も言わないで」

　そう言ってマコは、私の唇を塞いだ。今度はただ触れるだけでなく、深く情熱的なキスだった。こんなふうにされたら、何も言うことなどできるはずがなかった。

とろけそうなキスが繰り返されるうちに何も考えられなくなって、私はただ目の前の欲求に身を任せた。気がつくと、ソファに押し倒されていて、身体全体でマコの重みと熱を感じながら、何度もキスを交わす。

スウェットを脱がされて下着姿になると、「寒いからベッドに行こう」とマコが耳元で囁《ささや》いた。私が小さくうなずくと、マコは軽々と私を抱きかかえて、ベッドに運んだ。

そして、自分のスウェットを脱ぐと、再び私に重なった。

秋だというのに、真夏のように暑い。マコの吐息や身体が発する熱に、このまま溶けていってしまいそうな錯覚を覚える。

ベッドの軋《きし》む音を聞きながら、私はマコを全身で受け入れた。


翌朝、マコより先に起きた私は、昨夜のことを思い出して頭が真っ白になった。

酔っ払って、流されるように幼なじみと一夜を共にしてしまうなんて、いくら彼氏がいなくて寂しいからといっても程がある。幼い頃から積み重ねてきたマコとの時間が、一瞬にして壊れてしまった気がした。

血こそ繋がっていないけれど、本当の家族のように思っていたあの関係にはもう戻れないのだ。そう思うと怖くなって、今すぐこの場から逃げ出したかった。

隣で気持ちよさそうに寝ているマコを起こさないようにゆっくりと起き上がり、私は静かに帰り支度を始めた。

服を着て、手櫛で髪を整えていると、背後でベッドの軋む音が聞こえた。心臓が大きく脈打つ。

「彩姉、もう起きたの？」

「う、うん。そういえば今日、予定があったことを思い出して。もう帰らなくちゃ」

私は顔を合わせられず、「じゃあ、またね」と、ベッドに背を向けたまま返事をした。

「えっ、ちょっと、彩姉……」

私は意を決して立ち上がり、振り返りもせずに部屋を後にした。

逃げるように帰るのは、大人気ないと思う。でも、今はとても普通に話ができる精神状態ではなかった。

2

週が明けて月曜の朝を迎えても、私は後悔にさいなまれていた。

敢太の誘いに乗ってみんなで飲んでいれば……。マコの提案を断って、終電で帰っていれば……。抱きしめられたとき、ちゃんと抵抗していれば……。

酔ってはいたけれど、記憶は鮮明に残っている。いっそ、覚えていないほど酔っていたほうが楽だったかもしれない。

年齢も体格も、マコはれっきとした大人の男になっていた。引き締まった身体、私の名前を呼ぶ甘い声。その一つひとつがよみがえってきて、身体が熱くなる。

こうなってしまった以上、今までと同じ気持ちでマコに接することはできない。そう思うと、大事にしてきた何かを失ってしまったようで、週末はほとんど眠れなかった。

これでは仕事にならないと思った私は、朝礼の後、廊下にある自販機までコーヒーを買いに行った。いつもはカフェオレにするところだが、今日はブラックコーヒーを選んだ。

その場で缶の蓋を開けてひと口飲むと、苦みが口全体に広がった。

「うわ、にが……」

「当たり前だろ。ブラックなんだから」

「わっ、びっくりした……」

気がつくと、後ろに敢太が立っていた。小銭入れを手にしているので、彼も飲み物を買いにきたのだろう。独り言を聞かれたのが恥ずかしくて、顔が火照《ほて》る。

「珍しいな。ブラックは飲めないいんじゃなかったっけ」

「そうなんだけど……眠気を飛ばしたくって。でも、やっぱり苦手みたい」

「なんだそれ？　俺はブラック派だけどな」

敢太は笑いながら自販機に小銭を入れた。しかし、彼が購入したのはブラックではなく、なぜかカフェオレだった。

「はい」

「えっ、これ……私にくれるの？」

「うん。だから、そっちは俺にくれよ」

「……ありがとう」

ブラックコーヒーを敢太に手渡すと、彼はそれをためらいもせずに飲んだ。元恋人との間接キスなど気にしないらしい。

でも、私はどこか落ち着かなくて、さりげなく目をそらした。

「ブラックを飲みたいほど、今日は眠いんだ。寝不足？」

「うん、まあ……」

「そっか。まだ月曜なのに疲れてるみたいだけど、大丈夫か？　何かあったらいつでも言えよ」

「うん、ありがとう……。そろそろ行くね」

私は敢太を残してデスクに戻った。一緒に帰ってもよかったけれど、あまりのんびりしているわけにもいかなかった。これからの季節は、人事考課や賞与関連の業務で忙しくなる。そのうえ、中途採用のホームページのインタビューも進めなければならない。とてもではないが、マコのことで気を散らしている余裕はなかった。

デスクに戻ってカフェオレを半分ほど飲むと、深呼吸をして、「よし、頑張ろう」と自分に声をかけた。すると佐々木課長が聞いていたようで、「朝から気合十分だね」とにこやかに笑った。

「ええ、まあ……」

人に聞こえないように呟いたつもりだったので恥ずかしくなったが、素知らぬ振りをして、仕事に取りかかった。

いざ始めると、寝不足にもかかわらず、自分でも驚くほど集中して取り組むことができた。どうやら家に一人でいるよりも、会社で仕事をしていたほうが余計なことを考えずに済むようだった。

本当はマコとの関係をどうするのか、真剣に向き合わなければいけない。でも、そんな心の余裕はまだ持てなかった。向き合わない言い訳として、私はしばらく毎日残業することに決めた。金曜日は、さつきや夏子を誘って食事に行くことにしよう。

私はそうやって問題を先送りすることばかり考えていた。でも、私がどれだけ現実から逃げようとしても、マコがそれを許してはくれなかった。

『彩姉、今家にいる？』とマコからＬＩＮＥが届いたのは、木曜日の夜、まもなく日付が変わろうという時間だった。

　こんなに夜遅くにどうしたのだろうと、警戒心が頭をもたげる。どう返事をしたらいいのかわからず、スマホの画面を見たまま逡巡《しゅんじゅん》していると、再びメッセージが届いた。

『今日はダンスレッスンでもうヘトヘト。彩姉のご飯が食べたいと思って、大森まで来ちゃった』

　頭が真っ白になる。心の準備がまったくできていない。どんな顔で会えばいいというのだろう。

『悪いけど材料不足で何も作れないから、まだ電車があるなら家に帰ったほうがいいよ』

　安易に二人きりになってはいけないと思い、やんわりと断りのメッセージを入れた。

　すると、すぐに『もう電車ないし。ご飯買っていくから泊めて。今日は絶対に何もしないし、する元気もないから』と返ってきた。

　電車がないと言われてしまうと、放っておくわけにもいかなかった。それに、文面を見る限り、本当にダンスの練習で疲れ果てているように思えた。迷った挙句、私は『わかった。チャーハンでいいなら作っておくよ』と返信した。

『やった！　ありがとう。今からすぐに向かうね』

結局、また拒否できなかった。こういうところが、この前流されてしまった原因の一つだとわかっていながら繰り返してしまう。

仕事で疲れた身体に鞭《むち》打って、チャーハンを作っていると、インターホンが鳴った。ドアスコープをのぞくと、ボストンバッグを抱えたマコが映っていた。

「着いたよ」

「うん、今開けるから」

いったん火を止めて、玄関の鍵を開けて中に招き入れる。

「お邪魔しまーす。わーいい匂いがする。もうお腹ペコペコだよ」

「もうすぐできるから、その辺に座って待ってて」

「はーい」

そんなふうに会話を交わしながらも、私は目を合わせることができなかった。

私はキッチンに戻るとチャーハンを仕上げ、ローテーブルに運んだ。そして、クッションに座っているマコとは少し距離を置いて、ベッドの上に腰を下ろした。

「たいしたものじゃないけど、どうぞ」

「彩姉のチャーハン大好きなんだよね！　いただきます」

マコはチャーハンをレンゲに山盛りすくって口に入れた。頬を膨らませて食べる様子はまるでリスのようだ。

マコはいつもとまったく変わらない。先週あんなことがあったというのに、どうして普通でいられるのだろう。一方の私は、冷静を装っているように見せかけてマコの顔をまともに見られない。

「彩姉の家に来たのっていつ以来かな？　自分の家よりも落ち着くよ」

「それって褒めてるの？」

「もちろん」

そう言うけれど、どう考えてもマコの家のほうが設備のスペックが高いし、インテリアもおしゃれで居心地がいいと思う。料理にしても力量の差は激しい。自分の不甲斐なさが情けなくて、ますますマコと視線を合わせることができなくなった。

そんなことを考えている間に、マコはあっという間にチャーハンを平らげてしまった。

「ごちそうさま！　すごく美味しかったよ。夜遅くにごめんね。明日も仕事なのに」

「うん。でも、明日一日行けばお休みだから平気だよ。ところで、着替えとか買ってきた？　男物の服なんてないけど」

「大丈夫。ちゃんと持ってきた。お泊まりセット」

マコはボストンバッグの中からスウェットを取り出した。先週私が貸してもらったものだと気づいて、身体が熱くなる。

「どうして着替えを持ってるの？　もしかして、最初からうちに泊まる気で……」

「ごめん。そのつもりだった。だって、こうやって無理やりにでも押しかけないと、会ってくれないでしょ？」

「別に、そんなことは……」

「あるよ。彩姉の考えていることなんてすぐにわかる」

マコは立ち上がって、ベッドに座る私の隣に腰掛けた。右頬にマコの視線を痛いほど感じるけれど、私は顔を向けられなかった。

「ねえ、ちゃんと俺の方を見てよ」

そう言われた瞬間、逃げ続けるわけにはいかないことを覚悟した。

ゆっくりとマコの方に顔を向けていく。視線が合うと、真っすぐに私を見つめるその瞳はいつになく輝いて見えた。

「やっと、目を合わせてくれた」

「……あんなことがあったのに、普通でいられるわけがないよ」

「そうだよね。彩姉の気持ち、すごくわかるよ。今日はこの前のことについて、ちゃんと話がしたいと思って来たんだ」

そう言うと、マコは突然、私に向かって深く頭を下げた。

「あんなことして、本当にごめんなさい」

「マコ……」

まさか謝られるとは思わなかった。マコ自身、お酒の勢いでしてしまったことを後悔しているのかもしれない。そして、元の関係に戻りたいと思って、わざわざここまで足を運んでくれたのだろう。

「だって、ああでもしないと、彩姉は俺のこと、男として見てくれなかったでしょ？」

「えっ？」

予想外のセリフに固まる私に向かって、マコは真剣な眼差しで語り始めた。

「もう一度言うけど、俺は彩姉に一人の男として見てもらいたかった。だから抱いた。強引だったことは反省してるけど、後悔はしてない。彩姉は、俺のこと年下の幼なじみとしか思っていないんだろうけど、俺は違うよ。ただの幼なじみだと思っていたのは、ずいぶん昔のこと。ねぇ、この意味わかる？」

「ごめん、頭が追いついてない……」

「じゃあ、はっきりわかるように言うね。俺、彩姉のことが好きなんだ。一人の女性として好き。ずっと前から彩姉だけを見てた」

マコの顔は真剣そのものだった。綺麗な瞳が真っすぐに私を見据えている。嘘や冗談でないのは明らかだった。でも、あまりに突然の告白に、思考がついていかない。

「マコが、私を……。ずっと……って、いつから？」

「よく覚えていないけど、小学生くらいのときかな。最初は憧れだったけど、いつの間にか本気で好きになってた」

「小学生？　嘘でしょ。だって、今まで彼女がいたときもあったじゃない」

マコは中学生になると、急に背が伸びて男らしくなった。その頃から女子にモテ始め、よく告白されていたのを覚えている。

「告白されて、好みの子だったらオッケーしてた。彩姉がガキの俺を恋愛対象として見てないのはわかっていたしね。でも、どれも長続きしなかった。俺だって、ほかの子を好きになれたらどんなに楽だったか……」

「ごめん、私……全然気づかなくて」

絞り出すようにそう言うと、マコは普段どおりの笑顔で首を横に振った。

「謝らないで。謝ってほしくて、話したわけじゃないから。それで、じつは確認したいことがあるんだけどいい？」

「確認したいこと？」

「うん。正直に答えてほしいんだけど、俺に抱かれてどう思った？」

生々しい質問を受けて、また身体が熱を帯びる。

「あ、ごめん。上手い下手が聞きたいわけじゃないよ」

「そ、そんなこと思ってないから」

「本当？　顔が真っ赤だよ。そんな話はどうでもよくって、聞きたかったのは、俺のこと男として意識したか、ってこと」

　自分でも、はっきりとはわからない。ただ、あの夜を境に、ただの幼なじみと思えなくなったのは事実だ。そして、彼に抱かれたときのことを思い出すと胸が高鳴る。

「マコはもう大人の男だって思った。あの夜以来、マコと顔を合わせづらいって感じてるのは……意識している、からかもしれない。でも……」

「でも、何？」

「私は、あの夜のことを後悔してる。マコとは、昔のような関係でいたかった」

　マコがずっと胸に苦しい想いを抱えてきたと知ったばかりなのに、私はひどいことを告げている。でも、もしも時間を巻き戻すことができるのなら、あのときの自分を止めたいと、今も思っている。

「そうだよね、やっぱり。彩姉はきっとそう言うんじゃないかって思ってた」

　マコは優しく微笑みながらそう言ったけれど、瞳には悲しみが見て取れた。

「ごめんね、本当に。私、マコを傷つけたいわけじゃないよ。でも、これが私の素直な気持ちなの」

「うん、ありがとう。そうやって、正直に言ってくれるところが好きだからいいんだ。それに少しでも意識してくれて嬉しいよ。ねぇ、今回のことで俺のこと嫌いになった？」

　マコが眉を下げて、私の様子をうかがう。

「嫌いになるわけないよ。どんなことがあっても、マコは大切な存在だよ」

「そっか、よかった……。だったらさ、俺のお願い聞いてくれないかな」

「お願い？」

「少しの間でいいから、俺と恋人同士のように過ごしてほしいんだ。それで判断してほしい。やっぱり弟のようにしか見られないんだったら、きっぱりあきらめる。だから俺に、チャンスをください。お願いします！」

　マコは私に向かって深々と頭を下げた。

「ちょ、ちょっと待ってよ。そんなこと、突然言われても」

「頼みます。一生のお願い！」

　そう言って、私の前で手を合わせる。

　私にお試し感覚で付き合えと言っているのだろうか。そんな中途半端な付き合い方をしたら、かえって傷つけてしまうような気がする。

「でも、結局マコを振り回して、がっかりさせるようなことになったら嫌だし……」

「大丈夫。このままフラれるより、ずっといいから。ねぇ、俺にもほかの男と同じ土俵に立たせてよ。そうしないと、いつまでも前に進めない」

「本当に断ることになってもいいの？　がっかりしたり、傷ついたりしない？」

「そりゃ、がっかりも傷つきもするだろうけど、このままでいるよりずっとマシだよ」

「そう……。わかった。じゃあ、約束だよ。もしどんな結果になっても、その、なんだろう……急に冷たくなったり、私と距離を置いたりしないでね。気まずい思いはしたくないから。それが約束できるなら、いいよ、マコのこと、彼氏候補として見てみる」

「やった！」

自惚《うぬぼ》れているわけでもなければ、マコを選ぶ側に立つような魅力が自分にあると思っているわけでもない。でも、マコの言っていることも理解できる。この場で断れば、マコの中にもやもやした気持ちを残すことになるに違いない。

だから、たとえマコを傷つける結果になったとしても、このステップを踏まなければ、〝姉〟と〝弟〟という元の関係に戻ることもできないように思えた。

「それで、答えはいつまでに出せばいい？」

「そうだな……あと二カ月でクリスマスだから、もし正式に付き合ってくれるなら、イブから一緒に過ごしてもらうっていうのはどうかな」

「……うん、わかった」

「ありがとう、彩姉。あ、彼氏になるんだったらこの呼び方もダメだよね。今から俺、〝彩ちゃん〟って呼ぶことにする。それとも〝彩さん〟のほうがいい？　年上だし」

「なんでもいいよ、好きに呼んでくれれば」

そうは言ったものの、もうマコに〝彩姉〟と呼んでもらえないかもしれないと思うと、寂しさが込み上げる。

もっと昔は〝お姉ちゃん〟と呼ばれていたことを、ふと思い出す。思春期になって恥ずかしくなったのか、いつの間にか〝彩姉〟に変わっていて、あの時も寂しく感じたものだ。

「じゃあ、彩ちゃんって呼ぶね。ちょっと照れくさいけど。あ、そうだ。恋人同士のように過ごすって言ったけど、この前みたいに強引に手は出さないから安心して。今度彩ちゃんを抱くときは、ちゃんと合意のうえでするから」

「うん……」

〝抱く〟という言葉を聞くと、過敏に反応してしまって上手く話せない。でも、マコは気にしていないようだ。

「というわけで、しばらくの間、よろしくね！」

突然、マコが思い切り抱きついてきた。今にも顔が密着しそうだ。

「ちょっと！　言ってることと、やってることが違うじゃない」

「違わないよ。あそこまではしないっていう意味だから。恋人同士として過ごすには、ある程度のスキンシップは必要でしょ」

「ダ、ダメだよ。正式に付き合うかどうか考える段階なんだし、こういうのはちゃんと

「いいじゃん、ちょっとくらい。彩ちゃんってケチだなあ」

マコは渋々私から手を離すと、少し距離を置いて座った。おもちゃを取り上げられた子供のように拗《す》ねている姿に、つい優しくしたくなる。こういうところが自分のダメなところだとわかっていても、簡単には直せない。

「言い方がきつかったかな。ごめんね。拗ねないで」

「拗ねてないよ、別に。ごもっともだと思うし。でもやっぱり、好きな人が隣にいたら触れたくなるじゃん」

「マコ……」

「ということで、じゃあ、せめて寝るときは一緒のベッドでいい？　もちろん、何もしないから」

私は「バカ」と呟いて、マコの肩を強めに叩いた。

これから二カ月間、ずっとこんな調子なのだろうか。マコを振り回してしまうのではないかと心配したけれど、もしかしたらその逆なのかもしれない。

嬉しそうなマコの顔を見ながら、私はこれからの二カ月間に若干の不安を感じていた。

第二章　元カレ

1

マコと仮の恋人になることを約束した翌日の金曜日、会社を定時に退社した私は夏子とさつきと三人で渋谷に来ていた。さつきに案内されて駅から坂を上っていき、十五分ほど歩くと、一軒の小洒落た居酒屋に着いた。店内にはソファ席もあり、落ち着いた空間は話の尽きない女子会にはぴったりのお店だった。

「さつき、よくこんなお店知ってたね」

ソファに座ると、夏子が店内を見回しながら感心したように言う。夏子の隣に座ったさつきが自慢げに答える。

「前に合コンで来たんだよね。この隠れ家的な雰囲気がすごく気に入ってさー」

「なんだ、そういうことか。褒めようと思ったけどやめとくわ」

夏子は、彼氏持ちのさつきが合コンに行くことを快く思っていない。三人で飲みに行くと、よく「彼氏がいるのに合コンに行くなんて最低」と非難している。でも、さつきは「友達を増やしたいだけ」と取り合わない。敢太が女友達と二人で飲みに行くのを好きになれなかった私は、心の中で夏子に賛同しながらも、黙って二人のやりとりを聞いていることが多かった。

普段は三人で集まると、さつきの男関係の話題か、社内の噂話やお互いの仕事の愚痴になることが多いけれど、今日は違っていた。お疲れの乾杯を済ませると、夏子が何げない感じを装いながら、正面の私に尋ねる。

「彩から飲みに誘うなんて珍しいね。何かあった？」

「うん、いろいろあったと言えば、あったかな……」

マコとの話を聞いてもらいたくて、自分から誘ったけれど、まだ決心がつかずにいた。

「あたしも気になってたー。ここんとこ、毎日遅くまで残ってるし、なんかトラブルにでも巻き込まれているのかなーって」

「さつき、ありがとね。忙しいには忙しいんだけど、その……」

「悩んでいることがあるなら、なんでも言ってよ。いつも話聞いてもらってるし、あたしも彩ちゃんの力になりたいなー」

さつきが心配そうに私の顔をのぞき込む。そういえば、さつきは私が敢太と付き合っていたときも、まるで自分のことのように一緒に喜んだり、悲しんだり、怒ったりしながら、親身になって相談に乗ってくれた。そういう聞き上手なところが、恋愛の師匠と呼ばれるゆえんなのかもしれない。

夏子にも何度力になってもらったかわからない。自分にも他人にも厳しいぶん、夏子は言いにくいことでもはっきりと言ってくれる。そのおかげで恋愛だけでなく、仕事の面でもずいぶん助けられてきた。

夏子には手厳しいことを言われるかもしれないけれど、さつきがフォローしてくれるはず。そう思って、私はマコとのことを思い切って打ち明けた。話し終えると、さつきが少女のように目を輝かせて言う。

「えー、何それ。聞いてるだけでドキドキするんですけど！　マコくん、カッコよすぎ」

「でも、これでよかったのか不安なんだよね……」

「心配ないよ。お互いのことをわかり合っていて、信頼関係もできてるもん。恋愛に発展すると思うし、上手くいくよ。それに、夢を追いかける年下くんって可愛いよねぇ」

「そうかなぁ……。でも、万が一、恋愛対象として見られなかったら、傷つけることになるかもしれないし」

「マコくんも覚悟のうえのことだろうから気にしても仕方ないよ。そんな心配より、ちゃんと相手と向き合ってあげる、それが一番の誠実さでしょ。断ることになれば、彩ちゃんも気に病むことになるんだから、むしろ自分が傷つく覚悟を決めておかなきゃ」

　さつきは先ほどまでとは違って、真面目な顔で言った。その様子から真剣に考えてくれていることが伝わってくる。

「うん、そのとおりだね。さつきの言うとおりだと思う」

　恋人と別れたりするとき、一番傷つくのはフラれる側だけど、フる側だって心にダメージを受けている。恋愛経験は少ないけれど、どちらも経験したことがある。人を傷つけることで自分も傷つき、罪悪感に苛《さいな》まれる。

「まあ実際は、あたしが彩ちゃんの立場でも簡単には割り切れないと思う。でも、そう考えないと恋愛なんてできないよ」

「そう言ってもらえると心が軽くなるよ。ありがとう」

「ううん。みんな同じでしょ。ねぇ、なっちゃんだってそうだよね？」

　日本酒を口に運びながら、黙って話を聞いていた夏子に、さつきが話を振る。夏子の表情は堅く、意見を言うのをためらっているように見えた。私は覚悟して、夏子が口を開くのを待った。

「……正直なところ、まさか彩からそんな話を聞くとは思わなくて、まだ驚いてる。マコくんのことはよく知らないからなんとも言えないけど、一つ気になるのは……将来のことかな」

「将来って、マコの仕事のこと？」

「うん。不安定そうじゃない。私たちみたいな会社員とは、いろいろ違うだろうし、そういう人と付き合うのはリスキーだと思う」

「それはそうだよね……」

夏子の言うことは正論だ。プロのダンサーになると聞いて、私が真っ先に心配したのも、食べていけるかどうかだった。

「なっちゃんは堅すぎるよー。それは結婚を意識する段階になってから考えればいいことじゃん。今は好きになれるのかどうかって段階でしょ？」

「たしかに、まだ将来の話をするのは早いのかもしれないけど、大事なことだよ。私たちってもういい年だし、軽い気持ちで恋人選びなんてできないよ」

「そんなふうに考えているから、ずっとフリーなんじゃない？　あたしは頭で理屈をこねるより、心で惹かれた人と一緒にいられたらそれでいいー」

「さつきはそろそろ落ち着いたほうがいいよ。三十手前で男遊びが激しいとか、イタいだけだから」

二人は険しい顔をして睨《にら》み合っている。そんな毎度の展開に、自分のことがきっかけなのに思わず笑ってしまう。話がそれてホッとしたせいもあるのかもしれない。

「もう、二人ともそのくらいにしてね」

間に入ってなだめると、二人とも私を見て、しまったという顔をしている。

「彩、ごめん！　つい、いつもの調子でこうなっちゃって」

夏子がすぐに頭を下げる。

「いや、いいの。それだけ真剣に考えてくれているってことだから」

「そりゃ、考えるよ。大事な同期だもん」

夏子がなんの気なしに口にした〝大事な同期〟の一言に、胸がうずく。この言葉がトラウマになっているのは、世の中で私くらいかもしれない。

「そうだ。同期といえば、甲本が心配してたよ。最近、彩が元気なさそうって」

敢太の顔を思い浮かべたタイミングで、夏子の口から敢太の名前が出てきて、その場で飛び跳ねそうになる。まるで、心の中を見透かされたような気分だ。

「そっか。きっと、大切な同期だから心配してくれているんだろうね」

「同期だからってわけじゃないと思う。男って、一度付き合った女のことは特別な存在に思うもんじゃん。幸せになってほしいとかさ」

手を前方に伸ばして、繊細なネイルを施した爪先を眺めながら、さつきが口を挟む。

その言葉を受けて、夏子が続ける。

「まあ、実際に甲本がどう思っているかは本人しかわからないけど、ねぇ、今回のことも話してみたら？」

「えっ⁉　なんで敢太に」

「男と女は思考回路が違うって言うしさ。マコくんを傷つけるのが心配なら、男の意見も聞いてみたら？　彩が話せる男って言ったら、あいつくらいしかいないでしょ」

元カレに他の男性とのことで意見を求めるなんて、私には普通のこととは思えない。それに敢太とは別れて以来、プライベートでは連絡すら取っていないのだから余計だ。

「……そうかもしれないね、考えてみるよ」

私は話を打ち切って、グラスのカクテルを一気に飲み干した。とりあえず、夏子の意見に合わせてみたけれど、心にはまったく響いていなかった。

2

昨夜、夏子とさつきにマコの話をしたばかりということもあって、朝、ベッドの中でスマホを手にした私は激しく動揺していた。

『今日の夜、空いてる？　もし暇なら久しぶりに飲みに行かない？』

敢太からのほぼ一年ぶりのメッセージだった。私は勢いよくベッドから起き上がって、何度も読み返した。インタビューのときに、「またご飯でも」とは言っていたけれど、まさかこんなふうに突然誘われるとは思ってもいなかった。特に予定はないけれど、どう返事をするかは別の話だった。

敢太への返信をいったん保留にして、次にマコから届いていたメッセージを確認する。

『おはよう。まだ寝てるかな？　地方のイベントへの出演で、今、新幹線で移動中だよ。土曜なのに一緒にいられなくて寂しいけど、頑張るよ』

いまさらながら、恋人のように過ごすということは、お互いの様子を連絡し合って食事や遊びに行くことだと気づく。なのに私には、マコに連絡を入れる発想すらなかった。色恋沙汰からしばらく離れていたせいで、そういう感覚が鈍っているのかもしれない。

マコの〝一緒にいられなくて寂しい〟という一言が胸に重たく響く。こんなに気持ちに温度差があるのに、恋人のように過ごしていいのかわからなくなる。マコのことを本気で好きになることなんてあるのだろうか。私はマコを傷つけないように、『時間ができたら遊びに行こう』と返事をするのが精いっぱいだった。

ふと、昨夜夏子から〝甲本に話してみたら〟と言われたことを思い出す。男の立場からして、早く断られたほうが傷は浅いのか、それともそのほうがプライドを傷つけられるものなのか、意見を聞いてみたかった。

何も自分の話としてではなく、友達のこととして話してみてもいいかもしれない。お店で二、三時間飲むくらいなら、敢太の誘いに乗ってみてもいいように思える。自分の心境の変化に戸惑いつつも、敢太に『大丈夫だよ』と短く返事をした。すぐに『じゃあ、夕方五時に大森駅東口、タリーズ前で』と送られてきた。

一度は会う気になったけれど、だんだん憂鬱《ゆううつ》になっていく。一年ぶりに二人で飲みに行くプレッシャーやら、マコを裏切っているような後ろめたさやらがない交ぜになって、掃除をしても、お昼を食べても、音楽を聴いても、気分は晴れない。

上手く気持ちを切り替えられないまま、敢太との約束の時間が近づいてきた。気は乗らないのに、会社に行くよりも少し念入りに化粧をし、髪をセットして、何を着ていくか鏡の前で悩む。時間切れで無難なネイビーのワンピースに決めると、ピアスとネックレスを着けて、急いで駅に向かった。

タリーズの前には、すでに敢太の姿があった。久しぶりに見る敢太の私服は上下ともに見たことのないもので、別れてから季節が移り変わったことを痛感する。

「お待たせ」

自分の声が少し震えていて、敢太に気づかれていないか心配になる。

「いや、俺も今来たところ。この場所で待ち合わせするのは一年ぶりか……」

敢太の部屋も、私と同じ大森駅の東口側にある。昔はいつもここで待ち合わせていた。先に大森に住み始めたのは私で、敢太が引っ越してきたのは、私と付き合い始めてからだ。同棲する話も持ち上がったけれど、最終的には〝一人の時間も必要〟という敢太の結論を尊重して棚上げとなった。私自身は同棲に憧れていたけれど、別れた今となっては一緒に暮らさなくてよかったと思う。

「今からどこに行くの？」

「ああ、いつものとこだよ。……って、わかるかな」

「昔よく行った和食系のお店？」

「当たり！　覚えていてくれて嬉しいよ」

その無邪気な笑顔に、なぜか切なさが込み上げる。

付き合っていた頃と同じように、敢太は自然な振る舞いで、自分が車道側、私を歩道側にして、お店までの道のりを並んで歩いていく。

「同じ駅に住んでいるのに、結構会わないもんだな。朝の電車でも見かけないし」

「そうだね。まぁ、電車は女性専用車両に乗っているからだと思うけど」

「あぁ、そっか。全然見かけないから、避けられてんのかと思ってたよ」

敢太は冗談のつもりだったかもしれないけれど、図星だった。実際、顔を合わせないように微妙に出勤の時間を早めたり、敢太の出没しそうな場所を避けたりしていた。

「ちょっと自意識過剰じゃない？」

動揺を隠すため、からかうように返すと、敢太は優しく微笑んだ。でも、その瞳はどこか悲しげで、すべて見透かされているように感じられた。私はそれ以上、話ができなくなってしまった。

沈黙が続いて気まずい雰囲気になりかけたとき、目的の店に到着した。陽は落ち始めて、次第に街頭には明かりが灯り始めている。

「いらっしゃいませ」

「二名で予約した甲本です」

「こちらへどうぞ」

案内されたのは奥の個室だった。この店の個室は引き戸付きなので、周囲を気にせずに飲むことができる。そんな落ち着いた雰囲気が二人とも気に入っていて、昔よく足を運んでいた。

ただ、今日通されたのは二人掛けのソファに横並びに座るタイプの個室だった。別れた相手と飲むには少し気まずい状況だ。

「彩が先に入れよ」

「うん」

ソファに座り、テーブルにあったドリンクメニューを広げる。

「俺は生。彩はカクテルだよな」

「うん。ビールや日本酒はいまだに美味しさがわからなくて……」

どのカクテルを選ぶか迷っていると、店員がお水とおしぼりを運んできた。そのまま注文を待っているため、余計に焦ってしまう。

「この季節限定のカクテル、美味そうじゃないか」

敢太は私が持っているメニューをのぞき込みながら、柚子《ゆず》とジンジャーのカクテルを指差した。彼の顔がすぐ近くにあって、意識せずにいられない。

「……じゃあそれにする。柚子とジンジャーのカクテルをください」

早く注文を終えたくて、敢太が選んだものにした。メニューをテーブルの端に立てかけると、敢太は何事もなかったように私から顔を離し、フードメニューを手に取った。意識しているのは自分だけなのかと思うと、それはそれで寂しくなる。

「何頼む？　彩がよければ適当に頼んじゃうけど」

「うん、お願いする」

いつの頃からか忘れたけれど、二人で飲みに行くときは、おつまみのチョイスはいつも敢太にお任せだった。何も言わなくても、その中に必ず私の好きな料理を入れてくれていた。

間もなく店員がお酒を運んできた。

「すみません、料理の注文いいですか。シーザーサラダと、刺身の盛り合わせと、軟骨のから揚げ。あと、たこわさも。とりあえず以上で」

たこわさと軟骨のから揚げは私の好物だ。敢太はまだ覚えていてくれたらしい。

「かしこまりました。こちらは本日のお通しになります」

小鉢の中を見ると、よりによって敢太の唯一苦手なひじき煮だった。

「……代わりに食べようか？」

「悪いな」

敢太と同じく私も、彼の苦手な食べ物を忘れてはいなかった。別れても、二人で積み重ねた時間は今もそのままであることに、胸が切なくなる。

「思ったより元気そうでよかったよ」

「そんな、私はいつも元気だよ」

「そうか？　急に残業も増えたみたいだし、心配してたんだ」

「これから忙しくなる時期だし、しょうがないよ。ホームページのこともあるしさ」

「まあ、仕事が大変だったり、何か悩み事があったりするなら相談して。話くらいは聞けるから」

どうやら、夏子の話は本当だったらしい。敢太が私の様子の変化に気づいて、心配してくれていたなんて驚きだ。

「ありがとう……。でも、本当に何かあるわけじゃないから心配しないで。それより、営業のほうが大変じゃないの？　年末にかけてノルマが厳しくなったって聞いたけど」

相談できるチャンスだったのに、自分から話題をそらしてしまった。

付き合っていたときも、同じパターンを繰り返してきたことにふと気づく。伝えたいことがあっても、結局いつも何も言えなくて、敢太の意見に合わせてしまっていた。なんでも気兼ねなく話をできたから付き合い始めたのに、いつからそうなってしまったのだろう。

「まあ、大変には大変だけど、普段、外回り中に息抜きしている時間を、少し減らせばこなせる程度のものだからな。あ、こんなこと、人事に言ったらダメか」

「本当だよ。息抜きの時間も、お給料は発生しているんだから」

「ごもっともです。気を引き締めて頑張るので、さぼっていたことは秘密にしておいて」

そう言って頭を下げて笑う敢太を見て、緊張の糸が解《ほぐ》れていく気がした。久しぶりに二人きりで飲むことになって、どこか構えていたのかもしれない。

店の落ち着いた雰囲気やお酒の力も加わって、少しずつ自然体でいられるようになっていった。お互いの仕事や同期の話、最近読んだ本など、思ったより話は弾んで、腕時計に目をやると、九時を回っていた。

「結構長居しちゃったね。そろそろお会計する？」

「そうだなぁ。彩はどうしたい？　もう帰る？」

「帰ろうかな。じつは昨日も結構飲んじゃって。さすがに二日連続はキツいかな」

「そっか……」

「じゃあ、店員さんを呼ぶね」

そう言って、呼び出しボタンを押そうとしたときだった。敢太が私の手首を突然掴んだ。

「どうしたの？」

敢太の方を振り向くと、彼の顔が目前に迫っていた。

「彩……」

熱い眼差しを向けて、色っぽい声で私の名前を呼ぶ。今までに何度も見てきたシーンだから、敢太が何をしようとしているのかすぐにわかる。けれども、とっさのことで、拒む間もなく唇を奪われた。

そのキスの意味を聞きたいところなのに、頭が真っ白で身動き一つできない。唇を離した敢太が不敵な笑みで私を見つめている。三年も付き合っていたのに、彼のこんな表情を見るのは初めてだった。

「どうしたの……？」

やっと口から出た言葉はそれだけだった。目の前にいるのは、本当に私の知っている敢太なのだろうか。そう考えてしまうくらいに、数分前とは違う雰囲気をまとっている。

敢太が怖い。近い距離にいるのが耐えられずにソファの端に寄る。

「逃げなくてもいいだろ？」

　こんなことをしたというのに、その瞳は余裕に満ちていて、背筋に寒気が走る。次の瞬間、敢太は私の肩に手を回すと、強引に身体を引き寄せた。

「な、何するの！　離して」

「〝帰る〟なんて言うなよ。今夜はもう少し一緒にいよう？」

　頭では拒絶しているのに、吐息交じりに耳元で囁かれて、身体が勝手に過去の記憶を呼び覚ます。熱を感じて反射的に身動《みじろ》ぎしたのを、敢太は見過ごさなかった。まるで挑発するかのように、私の耳に何度もキスを落としてくる。

「やだ、やめてよ……」

「本当にやめてほしそうには見えないけどな。なぁ、この後、俺の部屋に来いよ」

　心配していたというのは表向きの口実で、最初からそれを目的に誘ってきたのだろうか。だとしたら、あまりにも自分が惨めすぎる。先週、異性と二人きりになるのは危ないと学んだはずなのに、このままでは同じ失敗を繰り返してしまう。

　二度とお酒の勢いに流されたりしない。そう決意した私は、両手で敢太の身体を力いっぱい押しやった。

「別れて一年も経つのに、いまさらこんなことするのはやめて。部屋には行かないから」

　目を見てはっきり断ると、敢太は静かに私から離れた。

すぐに呼び出しボタンを押して、できるだけ敢太から距離を取る。さっきまでの楽しかった時間が幻に思えるほど、重い空気が漂っている。

どうしてキスをしたのだろう。どんな気持ちで部屋に誘ったのだろう。

敢太はお酒に強いほうだと思うけれど、酔っているのだろうか。それとも、元カノとは、いや私とならら簡単に寝られると思ったのだろうか。

こんなにも聞きたいことがあるのに、やっぱり私は何も聞けなかった。

店員が来ると、敢太は伝票に目を通しもせずにカードを渡した。店員がレジに戻っていくと、私はテーブルに五千円札を置いた。

「これ、私のぶん」

金額はわからないけれど、これだけあればおそらく足りるだろう。敢太に借りを作りたくなかった。

「いや、大丈夫だよ。奢るから」

「いいよ、自分のぶんは自分で払う。だからそこを通して。帰りたいから」

敢太はため息をつくと、五千円札を私の前に置いた。

「金なんてもらわなくても、ちゃんとどくから」

敢太は立ち上がって、個室の外へ出た。私は上着を着て、渋々五千円札をバッグにしまって席を立った。

敢太はすでに会計を済ませて、店の外で待っていた。私は足を止めることなく、すれ違いざまに「ごちそうさま」と小声で言うと、そのまま立ち去ろうとした。

するとと、私の背後から、敢太のとんでもない言葉が耳に飛び込んできた。

「なんであいつとは簡単に寝たのに、俺はダメなんだよ」

「えっ⁉」

帰ろうとしていた足が止まる。思わず後ろを振り返った。

敢太の瞳はこれまで見たことがないほど冷たくて、身体が凍りつきそうだった。

「寝たんだろ？　幼なじみの男と。俺、お前がそんな軽い女だったなんて知らなかったわ」

どうして敢太がそのことを知っているのだろう。心の中で疑問が浮かび上がったと同時に答えにたどり着く。

私がマコのことを話した相手は、さつきと夏子しかいない。さつきの反応は肯定的だった。一方、夏子は否定的で、敢太が私を心配しているという情報をくれたり、敢太に話してみたらと勧めたのも夏子だ。彼女が敢太と通じ合っているとしか考えられない。

夏子を信頼して話しただけに、ショックは大きい。でも、今はそれ以上に、敢太がマコとの関係を承知のうえで、私を飲みに誘った理由のほうが気になる。

本当に私が誰とでも寝る女だと思って、一夜を共にするつもりで誘ったのだろうか。それとも、何が癇《かん》に障《さわ》ったのかはわからないけれど、私を〝軽い女〟だと罵倒するつもりだったのだろうか……。少なくとも私を心配して呼び出したわけではなさそうだ。

目的はなんであれ、さっきまで素知らぬ顔で心配する演技をされていたことが腹立たしい。こんな相手と三年も付き合っていたなんて信じられなかった。

「私が誰とどうしようが、敢太には関係ないでしょ。何も知らないくせに勝手なこと言わないでよ！」

周りを気にしている余裕なんてなかった。声を張り上げて気持ちをぶつけると、私は背中を向けて歩き出した。

人と人の合間を縫って家路を急ぐ。とめどなく流れる涙を拭く余裕さえなかった。一刻も早く敢太から離れたくて、懸命に足を動かした。

自宅のマンションが見える所まで来ると、安堵して私は駆け出していた。すると、エントランスまであとわずかというところで、ヒールが引っかかり、バランスを崩してしまった。

転ぶ！　と思って目をつぶった直後、身体が宙に浮くような感覚を覚えた。

「彩姉！」

その聞き慣れた呼び方と、どこか落ち着くジャスミンの香りで、相手が誰だか目をつぶっていたってわかる。

「マコ……」

目を開くと、私は彼の腕にしっかりと抱き留められていた。

「大丈夫？　彩姉……じゃなくて、彩ちゃん。そんな靴で走ったりしたら危ないよ」

「うん。ありがとう」

支えられながらゆっくりと身体を起こすと、「よかったよ。転ばなくて」と、マコがキャップの下で優しく微笑んだ。

「本当にありがとう。……でも、どうしてここにいるの？」

「ああ、思ったより早く帰れたから会いに来ちゃった。途中で連絡しようと思ったんだけど、スマホの電源が切れちゃってさ……って、泣いてたの？」

「あっ、これは……」

転びそうになったところを見られただけでも恥ずかしいのに、不覚にも泣き顔まで見られてしまった。

敢太とのことはマコには話しづらいし、どう説明すればいいのだろう。困っていると、マコが私の頭を優しく撫でた。

「寒いし、立ち話もなんだから、とりあえずうちに帰ろ」

「うん」

まるで自分の家に帰るような言い方がどこか可愛かった。不思議とマコの顔を見ていると、とげとげしい気持ちが消えていく。

マコは私の手を取ると、マンションへと歩き始めた。そのとき、背後から呼び止める声が聞こえた。

「彩！」

「敢太……」

振り返ると、そこには敢太の姿があった。さっきとは一変して、表情には余裕がなさそうに見える。どうして追いかけてきたのだろう。何か言い足りないことでもあるのだろうか。

マコが手を繋いだまま、私をかばうように前に出る。

「彼女に何か用ですか？」

その声はいつもよりも低くて無機質だった。私の涙の原因が敢太にあると、マコは瞬時に察したようだった。

「あぁ、誰かと思えば、ズル賢い幼なじみくんじゃないか」

「は？　なんすか、ズル賢いって」

敢太は見下すような薄笑いを浮かべている。二人の間に不穏な空気が漂う。

「ああ、ごめん間違えたわ。ズル賢いんじゃなくて、ただズルいだけだよな。好きな女を酔わせて襲うなんて」

これでは私が敢太に話したと、マコに誤解されてしまう。もともと敢太の意見を聞いてみるつもりで会いに行ったのは事実だけれど、マコの名前を出す気はなかった。

「マコ、私が話したわけじゃ……」

「彩ちゃん、今はいいから」

マコは私に微笑むと、もう一度敢太のほうを見て言い放った。

「たしかにズルかったかもしれません。でも、元カレのあなたにとやかく言われる筋合いはないでしょ？　用がないなら、帰ってもらえますか」

「幼なじみくんこそ、お試し期間のくせにもう彼氏面かよ。悪いけど、君に用はない。彩にさっきのことを謝りに来ただけだから」

「さっきのこと？」

敢太が不敵な笑みを浮かべている。嫌な予感がして、私は焦った。居酒屋での出来事をマコに知られたくないと思った私は叫んでいた。

「別に謝ってもらわなくていいから帰って！」

自分でも驚くような大声が出て、気まずさにそのままうつむいた。

敢太はしばらく黙り込んだ後、一度大きく息を吐くと、自嘲気味な笑みを浮かべてようやく口を開いた。

「わかった、帰るよ。ただその前に、幼なじみくんにもう一言だけいいかな」

「……なんすか」

「彩の彼氏候補は君だけじゃないから。俺は俺なりに行動させてもらうよ。クリスマスまでね」

そう言うと敢太は去っていった。しばらく私たちはその背中を無言で見つめていた。

私の手を握るマコの手に徐々に力が入り、痛みを感じるほどになっていく。

言いたい放題言われたマコがどんな気持ちでいるのかはわからない。ただ、私のせいで嫌な思いをさせてしまったことは間違いなくて、申し訳ない気持ちでいっぱいだった。

「マコ……」

恐る恐る声をかけると、マコはやっと我に返ったのか、肩をびくっと震わせて、慌てて握っている手の力を緩めた。

「あっ、ごめん。ちょっと考え事してて……。痛くなかった？」

そう言って、私の手を見ながら指でさすった。

「うん、大丈夫。ありがとう。とにかく中に入ろ」

「そうだね」

マコはもう一度手を握り直すと、マンションに向かって歩き始めた。繋がれた手を見るだけで、心が落ち着いていくのはなぜだろう。

今まで気づかなかったことが不思議だけど、マコが隣にいるだけでホッとする。嫌なことがあっても、マコの顔を見るだけで元気になれるような気がした。

「ただいまー」

家の鍵を開けると、マコが先に部屋の中へ入っていった。

「そこは恋人同士でも、〝お邪魔します〟じゃないの？」

笑いながら私が言うと、マコは「だって、ここ落ち着くんだもん」と言ってクッションに座った。

この前は気まずくて、ベッドの上に座ったけれど、今日はマコと向き合う形で、もう一つのクッションに正座した。嫌な思いをさせてしまったことを謝ろうと思ったからだ。

「マコ、今日は私のせいで――」

「待って、それ以上言わないで」

「えっ⁉　どうして？」

マコは唇を噛みしめて、うつむいている。でも、すぐにその顔を上げると、私に優しい笑顔を見せた。

「彩ちゃんが謝ることは何もないよ。いつ誰と会って、何を話そうが、俺に負い目を感じる必要はないからね。それに、あの人の言ったことは間違ってない。俺はズルいことをした。責められたって仕方ないよ」

「そんな……」

「いや、俺のことはいいんだ。それより一つだけ聞いてもいい？」

「いいよ。なんでも聞いて」

「彩ちゃん、あの人に何されたの？　自由にしてもらって構わないって言いながら、こんなこと尋ねるのは矛盾してるってわかってるんだけど、半端に聞いたから余計に気になっちゃって……」

それは、私がもっともマコに知られたくないことだ。

でも、痛いほど気持ちはわかる。私は敢太が女友達と飲みに行ったと知っただけで、二人でどんな話をして、どんなふうに相手を思ったのか、問い詰めたくて仕方なかった。ただ、我慢していただけの話だ。

とはいえ、真実を話すべきかどうか迷う。すべて話せば、きっとマコは呆れるだろう。それに今以上に嫌な気持ちにさせてしまうのがつらかった。

だからといって、嘘をつきたくはなかった。

「飲みに誘われて、キス……された」

「……どこに？」

「唇と、耳に……」

正直に事情を説明すると、マコは私から目をそらして黙り込んでしまった。どう思われたのか一刻も早く知りたい半面、気持ちを知るのが怖くて、マコが口を開くのを静かに待った。その間、私の指先は緊張でずっと震えていた。

「彩ちゃん……」

「は、はい」

どんな宣告を受けるのか不安で、心臓が胸から飛び出しそうだった。

「……ごめん。やっぱ我慢できない」

最悪の結果だ。恋人関係を解消するということだろう。

そう思った次の瞬間、突然マコに腕を強く引っぱられて、気がついたときには彼の腕の中にいた。

「気持ちを伝えてから、ますます彩ちゃんのことを好きになっていく。今まで彩ちゃんが誰かのものであっても、ずっと我慢してきたのに、もう黙って見てられない」

抱きしめるマコの腕に力がこもる。全身で想いを伝えようとしているのがわかる。温もりと切なさが同時に伝わってきて、涙がこぼれそうになる。

「ねぇ、あの人と同じところにキスしてもいい？」

「え……」

「っていうか、ダメって言われたってするけど」

そう言って、マコは私の耳の形をなぞるようにして舌を這わせ始めた。

「ちょっと待って！　くすぐったいよ」

今度はそっと息を吹きかけられ、私の口から思わず声が漏れる。

「彩ちゃん、可愛い」

マコはいったん身体を離すと、穏やかな目で私を見つめ、両手で頬を包み込んだ。顔が近づいてくると、私はそれに合わせて、自然とまぶたを閉じた。唇が重なった瞬間、あの夜のことを思い出して身体が熱を帯びる。

「ねぇ、拒まないの？」

「それは……」

マコが鼻と鼻が触れ合う距離で尋ねる。たしかに、今のキスは不意をつかれたわけでも、強引に奪われたわけでもなかったのに、どうして拒めなかったのだろう。また流されただけなのか、敢太との一件についての罪悪感からなのかわからないけれど、〝キスしてもいい？〟と言われて、嫌だと思わなかったのは事実だ。

「ねぇ、さっき唇に何回キスされたの？」

「一回だよ」

「そっか、じゃあ聞くけど……」マコは私にもう一度軽い口づけをすると、再び鼻が触れそうな距離まで離れた。

「そのキスは、今みたいなの？　それとも、もっと深いヤツ？」

「い、今みたいなのだよ。なんでも聞いてって言ったけど、そこまで詳しく聞かれると……」

〝困る〟と言おうとしたけれど、再び唇を塞がれて話せなくなった。さっきまでのキスとは違い、マコは何度も角度を変えて唇を合わせる。やがて唇の隙間から舌が侵入してきて、私の口の中を動き回る。舌を絡められたかと思えば今度は上顎《うわあご》を刺激され、唇を甘噛みしてくる。

こんなに濃厚なキスをされ続けたら、また一線を越えてしまいそうだった。現にすでに押し倒されそうな格好になっている。

このままではまずいと思い、懸命にマコの顔を離す。

「も、もうストップ！」

「えーなんで？　あ、もしかして……キスだけじゃもの足りなくなりそう？」

いたずらっぽく笑うマコが小悪魔に見える。

「もう、変なこと言わないでよ。なんていうか、やっぱりこういうのは……」

「散々されるがままだったのに、今さら？」

痛いところをつかれて、言葉が続かなくなってしまった。

「……自分でも、隙だらけなのは反省してるよ」

「俺が言うのもなんだけど、気をつけなきゃダメだよ。でも、また誰かにキスされたら絶対教えてね。そのときは、俺がほかの男の唇なんて忘れさせてあげるから」

マコの発言に心臓が跳ね上がって、ますます顔が熱くなる。素知らぬ振りをして「そうならないように気をつける」と答えると、最初に座っていたクッションまで戻った。

「彩ちゃん、何か冷たいものない？　喉渇いちゃった」

「ちょっと待ってて」

キッチンに行って冷蔵庫を確認すると、ウーロン茶とオレンジジュースがあった。マコは、オレンジジュースのほうが好きだったはずだ。

グラスにジュースを注いで持っていくと、マコは一気に飲み干した。

「はー、ビタミンが身体に染みるわー」

「それ、なんとなくわかるな」

「だよね。それに、このさっぱり感がイライラを鎮めてくれる気がするよ」

「イライラって……、さっきのことだよね」

「まあ、言われたことはごもっともでも、よく知らない人にあーだこーだ言われるのはムカつくよね。それに俺はあの人のほうがズルいって思うし」

マコは眉間にしわを寄せて、不機嫌そうな顔をしている。

「ズルいって、どういうとこが？」

「別れたのにまた手を出したことだよ。だったら手離すなよって思うよ。まあ、元カレっていう時点でムカついているけど。彩姉と恋愛関係になったことがあるヤツなんて、敵でしかない」

「……呼び方、戻っちゃってるよ。〝彩姉〟って」

「えっ、ホント？　気を抜くと戻っちゃうみたい」

照れている様子が可愛くて、思わず頭を撫でたくなる。別に私はなんて呼ばれようと構わないけれど、本人が頑張って変えようとしているのだから見守ることにしよう。

「とにかく、俺はあの人だけには絶対負けたくない。でも、彩ちゃんにあの人と会ってもらいたくないって言ってるわけじゃないよ」

「うん。わかってる。でも、もうさすがに二人きりで会うことはないと思う」

今日の敢太は、明らかに様子がおかしかった。居酒屋ではひどい言葉を浴びせたくせに、マコの前では私に気があるような発言をしていたのも気になる。もっとも本気なのか、マコを挑発したかっただけなのかはわからない。

ただ、一つだけはっきり言えることは、三年も付き合っていたのに、彼には私の知らない面があるということだ。もう敢太とは、関わらないほうがいいのかもしれない。

仕事以外での接触は避けよう。私は心にそう固く誓った。

3

これほど会社に行くのが憂鬱なのは、敢太と別れた直後以来かもしれない。鳴り続くアラーム音に耐えられず、なんとかベッドから這い出る。食欲はなく、かろうじてスープだけ口にすると、身支度を済ませて家を出た。

普段と同じ時刻の電車に乗ったはずなのに、いつも以上に混み合っているように感じられて息苦しい。品川駅で降りると会社までの道すがら、何度も「体調が悪いので休ませてください」と電話を入れようかと思う。もちろん、小心者の私にズル休みなんてできるわけがなく、結局、十分後には自分のデスクに座っていた。

遠くから敢太の席をこっそりうかがうと、パソコンに向かっている後ろ姿が見えた。それだけで、土曜の出来事が生々しく思い出される。これからしばらく、こんな毎日が続くのかと思うと、さらに気が滅入っていく。

いったい敢太はどんな気持ちで出社したのだろう。もっとも、彼がどんな気分でいようと、何を考えていようと私には関係のないことだ。インタビューも終わったし、もう二人きりになることはないだろう。そう自分に言い聞かせないと、耐えられそうになかった。

そんな私のデスクまで敢太がやって来たのは、朝礼が終わってすぐ、佐々木課長と今週のスケジュールを確認していたときのことだった。

「種村さん、これからちょっと時間ありますか?」

「えっと……急用ですか?」

不意のことで動揺したけれど、課長に怪しまれないように、できるだけ平静を装う。

「はい。先日のインタビューの件で、修正したい部分があるので。後で小会議室まで来てもらってもいいですか? ミーティングルームは先客がいるようなので。急ですみません。朝しか予定が空いていないもので」

敢太は爽やかな営業スマイルを振りまきながら言った。わざとらしいくらいに丁寧な口調に良からぬ予感を抱くのは、きっと私だけだろう。

「わかりました。この打ち合わせが終わり次第、向かいます」

「ありがとうございます、では、先に行ってますね。佐々木課長、お話し中のところ割り込んでしまってすみませんでした」

敢太は佐々木課長に頭を下げると、小会議室の方に姿を消した。

「甲本くんは熱心に協力してくれてありがたいね」

「そうですね……」

佐々木課長に話を合わせて、私は小さくうなずいた。

課長との打ち合わせを済ませると、手帳とペンを手に立ち上がった。すると、夏子が自分のデスクから何か言いたそうに私を見ていることに気がついた。どうしてマコのことを敢太に話したのか知らないが、今は彼女と話す気分じゃない。もう少し気持ちを落ち着かせてからでないと、自分を見失いそうだった。

話をするなら昼食時のほうがいいだろう。さつきも一緒にいてくれたほうが、もしものとき、間に入ってもらえるだろう。

小会議室はその名のとおり、四人掛けのテーブルが一つと椅子、それとホワイトボードがあるだけの小スペースの部屋だ。

私は軽くノックして中に入ると、敢太の向かいの席に座った。けれど、まともに顔を合わせられず、何も書かれていないホワイトボードに目をやった。

「ごめんな、呼び出して。それ、どうぞ」

テーブルには私の好きなカフェオレの缶が置かれていた。

「話を始める前に、まずはお礼を言っておくよ。呼び出しに応じてくれてありがとう」

「……別に応じたわけじゃないよ。あんなふうに課長の前で呼び出されたら、断るわけにはいかなかっただけだから」

「だよな。チャットだと断られそうだったから、直接声を掛けさせてもらった。どうしてもちゃんと謝りたかったから」

その真摯《しんし》な態度に、また騙されているのではないかと疑いつつも、顔を敢太の方に向けた。敢太は申し訳なさそうに私を見ている。

「この前は突然あんなことをしたり、傷つけるようなことを言ったりして、本当にごめん」

そう言って、深々と頭を下げる敢太に対して、どんな反応をすればいいのかわからなくなる。たしかに傷ついたし、許すことはできないけれど、これ以上揉めたくもなかった。むしろ、何事もなかったことにしたいくらいだ。

「もういいよ。私にも隙があったんだし、お互いこの前のことは忘れよう」

確かめたいことはいろいろあったけれど、蒸し返したくなくてすべてのみ込んだ。それなのに、敢太は顔を上げると、思いもよらぬことを口にした。

「……こんなことになっても、何も聞かないし、本音を話してくれないのか？」

「えっ？」

「いつも彩が本心を隠していたことに、俺が気づいていないと思ってた？」

寂しそうに笑う敢太を見て、なぜか胸が締めつけられる。今回のことで、傷つけられたのは私のはずなのに、彼のほうが傷ついているように見えた。

「付き合う前はなんでも話せる仲だったよな？」

「……そうだね。よく仕事の相談をさせてもらってたね」

「最初は同期と一緒につるんでたけど、いつからか二人でも飲みに行くようになってさ。少しずつ距離が縮んでいくのを実感して、すごく嬉しかったんだぜ」

私も当時のことは鮮明に覚えている。二人とも東海《とうかい》地方の出身という共通点もあって、打ち解けるのに時間はかからなかった。

今まで男性と友達になるのは苦手だったけれど、敢太だけは違った。いつも気遣ってくれて、でも私に気を遣わせないように気さくに話しかけてくれた。

二人で出かける回数が増えていくにつれ、なんでも話せる仲になっていった。敢太を異性として意識し始めたのは、確かその頃からだったと思う。

ある日、仕事に悩んでいた私が「地元に戻ろうかな」と弱音を吐くと、「会社を辞めても、地元には帰らずに俺のそばにいて」と告白してくれて、すごく嬉しかったことを覚えている。

男らしくて、頼りがいがあって、私のことを大切にしてくれる敢太となら、素敵な家庭が築けるかもしれないとも思った。

「私も嬉しかったよ。付き合えるようになって、本当に嬉しかった。ただ、大切に想っていたから、嫌われたくなかったの。だから……」

「俺の意見に合わせるようになった、ってこと？」

「うん……。たぶん、そうなんだと思う。今になって気づいたことだけどね」

「なんだよ……。そういう理由だったなら、もっと早く聞いておけばよかった」

深いため息をついて、敢太はうなだれるように手元に視線を落とした。そして、そのままぽつりぽつりと、絞り出すように話し始めた。

「正直さ、最初は楽に感じてたんだ。なんでも自分の思いどおりにできるからさ。でも、だんだん一方通行っていうか、彩が何を考えているのかわからなくなってきて、あるとき、ふと気づいたんだ。本当は彩と、昔のようになんでも話せる仲でいたかったんだって」

「なんでも話せる仲……」

「そう。心の中のすべてをさらけ出せる仲。そういう相手だったから付き合い始めたはずなのに、いつの間にかよそよそしくなっていってさ……。恋人になったせいでおかしくなったなら、元の関係に戻ったほうが彩も自然でいられるんじゃないかと思って、別れを切り出したんだ」

そんなことを敢太が考えていたなんて、まったく気づいていなかった。別れ際に言われた〝同期のままでいたほうがよかったと思う〟という言葉がずっと胸に刺さっていたけれど、ようやく真意を理解した。

関係がこじれていくのを相手のせいにして、自分に都合の悪いことは見てみぬ振りをしてきたのは私のほうだったのかもしれない。

「私も、もっと早く聞いておけばよかったな」

　私がそう言うと、敢太が顔を上げた。

「お互い、ちゃんと話し合えばよかったな。これでも、ずっと後悔してたんだ。いや、後悔だけじゃない。もう一度やり直したいって、ずっと考えてた」

「嘘……」

　思わずそう口走ってしまったけれど、本心であることは、敢太の真剣な眼差しを見れば明らかだった。でも、そう頭では理解しても、この一年、敢太を遠ざけてきた私の心はすぐには信じられなかった。

「本当だよ。時間をかけてまた仲良くなれたら、もう一度告白しようって決めてた。それなのに女だと思って話を聞いてた幼なじみが男で、しかも一線を越えたってことを知って、すごく焦った。っていうか、嫉妬で気がおかしくなりそうだったよ」

「敢太から嫉妬って言葉が出てくるとは思わなかったよ」

「なんで？　普通にヤキモチくらい焼くよ」

「……恨み言を言うわけじゃないけれど、彼女がいてもほかの女の子と飲みに行ったりしてたから、そういうことは気にしないのかなって」

　敢太は男女ともに友達が多く、そういう彼が自慢でもあり心配でもあった。私と付き合っているときでも女友達と出かけていて、それが嫌だったのに一度も本人に伝えられなかった。それがまさか、別れて一年も経ってから伝えることになるなんて……。

　敢太のほうも寝耳に水という感じで、目を丸くしている。

「俺が女友達と飲みに行くの、そんなに嫌だったの？」

「じつはね」

「そうか……。ごめん、配慮が足らなかった。お互いもっと、何をされたら嫌かって話しておけばよかったね」

「そうだね。だけど、こうして敢太の気持ちが聞けてよかったし、私も話せてよかった」

「俺もだよ。それで、長い言い訳になっちゃったけど、この前、どうして俺があんなことしちゃったか、少しは伝わったかな。もちろん、悪いのは俺で、申し訳なく思っている。ただ、傷つけるつもりじゃなかったことだけは、できれば、信じてもらいたい」

　そう言うと、敢太はどこか自信なさげに視線を下に向けた。

「うん、だいたいは」

「よかった……。ついカッとなって、とんでもないことをして本当にごめん。許してくれる？」

「うん。さっきも言ったけど、昨日のことはお互いにもう忘れよ」

「わかった。でも、今日話したことは忘れないでほしい。本当にまたやり直したいって思ってるんだ」

「それは……なんて答えたらいいのか、自分でもよくわからなくて……」

二度も告白してくれたのに、まだ実感がわかないでいる。嬉しいというよりは、今はまだ戸惑いのほうが大きかった。この場で答えを出すことはとてもできそうにない。

「いいんだ。むしろゆっくり考えてほしい」

「わかった、ありがとう。ちゃんと考えて返事をするね」

「ああ、よろしく頼むわ。それにしても、まさかこんな殺風景な場所で告白するはめになるとは」

頬杖をつき、敢太は困ったような笑顔を浮かべる。その見慣れた笑顔に、ようやくいつもの彼が戻ってきたような気がした。

「たしかに、ムードのかけらもないね」

「そうだよな。それもこれも幼なじみくんのせいだよ。あいつのせいで自分のペースを乱されちゃって」

「だから、マコにひどいこと言ったの?」

「ひどいことって、あれは本当のことだろ。俺、ズルいやつには負けたくないから」

同じことをマコも言っていた。マコと敢太は水と油の関係なのかもしれない。今後この二人を会わせてはいけないと思った。

「ところで、ここの会議室って何時まで予約しているの?」

「十時までだからそろそろ出ないと。仕事の話をしてた雰囲気で戻らないとな」

「何それ？　そんなの作れないよ」

「そう？　俺はいつでも作れるよ。仕事してますオーラ」

いつも敢太は、真剣な話が終わったタイミングでおどけてみせる。そうやって空気を明るくさせようと努めるところがまた好きだった。

二人で会議室を出たところで、敢太が小声で付け加えるように言った。

「あ、そういえば、もう一ついい？」

「何？」

「俺、彩とのこと、ずっと小池に相談に乗ってもらってたんだ。幼なじみくんのことは、金曜の夜に俺が無理やり電話をかけて、粘りに粘って聞き出したことだから、あいつのこと、責めないでやってくれないか。幼なじみくんの話も、彩にはしないって約束してたのに、破ったのは俺だから」

板挟みにあって、夏子も大変だったと思う。だけど、今までと違って、全面的に信頼はできないかもしれない。

でも、これ以上、この場で話をややこしくしたくなかった。

「夏子から聞いたっていうのは予想してたよ。事情はわかった」

「よかった。じゃあ、これからしばらくよろしくな」

「ん？〝しばらく〟って、どういうこと？」

きょとんとしていると、敢太が小さく笑って耳打ちした。

「だって、俺もめでたく彼氏候補の仲間入りだろ？」

「えっ⁉ そんな話になってたっけ？」

「なってたよ。俺のこと、ちゃんと考えてくれるんだよな。だから俺は、彩に選んでもらえるように誠心誠意、頑張ることにするから」

たしかに、ゆっくり考えて返事をするとは言ったけれど、敢太が言っているのは、クリスマスまでマコと勝負するという意味だろう。敢太の中で、そういう方向に話が流れているとは思っていなかった。

結果的にそうなるにしても、私自身はマコと敢太を天秤にかけて考えるようなつもりはなかった。極端なことを言えば、マコとの約束を果たした後で、それから敢太のこともゆっくり考えてみる、そんなイメージだった。

「俺、本気だから。覚悟しといて」

耳元で吐息交じりに囁かれたその声は、席に戻ってもしばらく頭から離れなかった。

昼休みに入ると、ブランドものの長財布を手に、さつきが私のデスクにやって来た。

「彩ちゃん、もうお昼休みだよー。ランチ行かないの？」

いつもはオフィスの出入り口付近で待ち合わせているのに、今日は敢太のことに気を奪われていたせいか、昼休みになったことすら気づいていなかった。

「ごめん。ぼーっとしちゃって」

「何それ、彩ちゃんらしくなーい。なっちゃんも今日はどうしたの？　ランチ行けそう？」

それを聞いて初めて、夏子もまだ席に残っていることに気がつく。

「もちろん行けるよ。待たせてごめん」

さつきが話しかけると、夏子が立ち上がった。私も席を立つと、夏子と目を合わせずに、三人でエレベーターホールへ向かった。

エレベーターを待っている間、さつきがいろいろ話題を振ってくれたけど、話がまったく弾まない。それも当然のことで、私と夏子が相づちを打つだけで、話を広げようとしないからだ。さつきも何かを察したようで、最終的には話すことをやめて、エレベーターに乗った。

夏子の様子がおかしいことから、すでに土曜日の居酒屋での一件が敢太からある程度伝わっているのは間違いなかった。

エレベーターが二階に停まると、私たちは真っすぐに行きつけのカフェへと向かった。

私の会社が入っているビルには一階から三階まで飲食店が入っていて、昼食に困ることはない。ただ、カフェ以外のお店は価格設定が高めで、毎日通うにはつらいものがある。その点、このカフェはビルで勤務している人へのサービスが充実していて、ランチメニューは二割引で食べることができるのだ。

三人とも注文したのは日替わりのランチセット。今日のメニューはロコモコ丼で、ご飯の上にハンバーグと目玉焼きが乗っている。サラダとスープ、ドリンクにミニデザートまでついて六百円とかなりコスパがいい。カロリーが高そうだけど、そこは目をつぶることにした。

「休出続きで食欲ないんだけどー、食べないと余計にへたるからね」

「大変だね。仕方ないとは思うけど、深夜残業や休出はあまりしないように」

「さすが、人事はコメントの観点が違うー」

さつきは広告商品のシステム開発に携わっていて、毎日夜遅くまで残業している。納期前には、休日出勤となることも珍しくない。派手好きで、お金の使い方も大雑把《おおざっぱ》なさつきがバリバリの理系と知ったときは、ある意味偏見かもしれないけれど、失礼なくらい驚いたものだ。

「っていうか、さっきから気になってたんだけど、二人とも元気なくない？　箸も進んでないし」

さつきはハンバーグを頬張りながら、単刀直入に聞いてきた。私は突然投げられたボールを受け止められずに、黙り込んでしまった。

するると、夏子が弱々しく口を開いた。

「……彩が元気ないのは、たぶん、私のせいなんだ」

夏子のそんなか細い声を聞くのは初めてだった。思わず目をやると、表情は強張っていて、料理にもまったく手をつけてなかった。

「それ、どういう意味？　あたしのいないところでケンカでもした？」

さつきが目を見開いて、私と夏子の顔を交互に見る。先週の金曜日には三人で楽しく飲んでいたのだから、さつきが驚くのも無理はなかった。

さすがに自分からは話しにくいのだろう。夏子は一言呟いた後は沈黙していた。

仕方なく、私がさつきに土曜日にあったことを、周りに聞こえないように小声で話した。

「で、私とマコのことを、夏子はすべて敢太に話してたの。敢太は私とやり直したいって思ってたみたいで、今までも夏子に相談してたらしくて……」

「ええー、嘘。あり得ないでしょー。それでも友達なの？」

「さつき、声が大きいって」

「あ、ゴメン」

ほかの人に聞かれるのは勘弁してほしいけれど、さつきが自分のことのように怒ってくれていて嬉しかった。

「勝手に話してごめんなさい。でも、敢太も彩も、私にとっては大切な友達だから。二人がヨリを戻せば、また前みたいに同期で遊びに行けるかなって思ったりもして……」

たしかに夏子は同期との繋がりを大事にしていて、よく幹事としてイベントを主催してくれていた。私たちが別れたせいで、少なからず夏子の楽しみを奪ったことは認めるし、敢太のことを無視できなかった気持ちもわかる。

でも、夏子のせいで敢太にひどいことを言われ、マコにまで飛び火したのだから、そう簡単に〝もういいよ〟と許す気持ちにはなれなかった。

「夏子の立場も気持ちもわかるけど、信頼していただけにすごくショックだったよ」

「本当にごめん。もう二度とこんなことはしないって約束する。時間はかかるかもしれないけど、また信頼してもらえるように頑張るから、これからも仲良くしてほしい」

夏子の私を見つめる瞳には、うっすらと涙が浮かんでいた。しっかり者の彼女のこんな姿を目の前で見せられて、まるで自分が悪いことをしているような錯覚すら覚える。

ここまで真摯に謝ってもらって、許さないのも鬼だ。水に流そうと思って、「うん、もういいよ」と言った直後だった。さつきが驚くべきことを口にした。

「結局さぁ、なっちゃんは敢太くんのことが好きなんだよ」

「さつき、何言って……」

その発言は私の理解や想像をはるかに超えたものだった。

「彩ちゃんとマコくんとのことを敢太くんに話せば、敢太くんが彩ちゃんのことを軽蔑して嫌いになるって思ったんじゃないの？　無意識にだと思うけどさ」

夏子は何度も瞬きをしていて、言われたことの意味を必死に落とし込もうとしているように見えた。さすがに私も、今の発言には承服しかねた。

「そんな訳ないじゃん。休出続きで頭鈍ってるんじゃないの？」

「っていうか、そもそも男女の友情なんて成立しないと思ってるけど。絶対どっちかが下心持ってるって」

さつきのその言葉に、黙っていた夏子がようやく口を開いて反論する。

「……私は、男女の友情は成立すると思うし、実際、甲本のことを友達以上に思ったことはないから」

この場に限っては、さつきの見立てを全否定したいところだけど、〝男女の友情は成立しない〟という考えについては妙に納得するものがある。私はマコに対して幼なじみ以上の感情は持っていなかったけど、マコはそうではなかった。私は男友達が少なくてそれ以外のケースは知らないけれど、異性である以上、友情が恋愛感情に発展することは珍しくないと思う。

夏子の場合も、初めから敢太のことを好きで恋愛相談に乗っていたとは思えないけれど、相談に乗っている間《あいだ》、自分でも気づかないうちに好きになってしまっていた、という可能性はあるだろう。敢太と私の始まりだって、似たようなものだった。

「この話はここまでにして、とりあえずご飯食べようか。もう昼休み終わっちゃうよ」

私は睨み合う二人の間に入ってそう言うと、時間がないことを演出するため、あえてハンバーグを大きめに切って頬ばり、勢いよくスープで流し込んだ。

その様子を見ていた二人も、つられるようにご飯を食べ始めた。

「彩、いくらなんでもそんなに急いで食べたら、喉に詰まらせちゃうよ」

心配そうに言う夏子に、さつきが突っ込む。

「そういうなっちゃんこそ、無駄口を叩いてる時間はないんだからねー」

いつのまにか二人には笑顔が戻っていた。口数は普段より少なかったけれど、いつもの穏やかな雰囲気が戻ったような気がした。

けれども、無理やり空気を変えた私自身は、さつきの言葉を心の中でまだ引きずっていた。本当に夏子が敢太のことを好きだとしたら、これからも夏子はその気持ちをひた隠しにしたまま、敢太の話を聞き続けるつもりなのだろうか。もし〝彩の彼氏候補になれた〟なんて敢太が報告したら、いったい夏子はどう思うのだろう。

オフィスに戻りパソコンのロックを外すと、つい数分前まで一緒にいた二人からチャットのメッセージが届いていた。どちらから先に読むか、一瞬迷ったけれど、身構えなくて済むさつきのメッセージから先に開いた。

『いろいろあったみたいだけど、大丈夫？　あたしが彩ちゃんだったら、かなり傷つくと思う。敢太くんやマコくんのことで誰かに相談したかったら、あたしに連絡してね。神に誓って誰にも言わないし、いつでも聞くからさ』

少しノリは軽いけれど、さつきの思いやりが伝わってきて、心が温かくなる。忙しい彼女の仕事の邪魔をしてはいけないと思って、すぐにお礼の気持ちを伝えてチャットを終わらせた。

そして、いったん深呼吸してから、夏子とのトークページを開いた。

『今回のことは本当にごめんなさい。すごく反省しています。すぐに許してもらえるとは思わないけど、信頼を取り戻せるように頑張らせてほしい。あと、甲本のことは本当に友達としか思ってないよ。そこだけは誤解しないでね』

敢太に恋愛感情があるかどうかは本人にしかわからない。夏子が友達としか思っていないと言う以上、それを信じるしかない。気にしていても仕方がないことだ。

『夏子の気持ちはよくわかったよ。これからもご飯行こうね』

そう返信したけれど、心は依然としてもやもやしたままだった。

第三章　知らない世界

1

十一月初めの土曜日、私は吉祥寺駅の公園口でマコと待ち合わせをしていた。

「今度の週末、デートしよう」と電話がかかってきたのは三日前のことだ。今までマコの前ではすっぴんでも平気だったのに、〝デート〟という言葉のせいか、今日はいつもよりも準備に時間がかかってしまった。

ＪＲの改札を出て、指定された公園口に回ると、まだマコの姿はなかった。空を見上げると、雲一つない青空が広がっている。それでも、時折、頬を撫でる風は少し冷たくて、冬の足音を感じる。

待ち合わせの十一時半ちょうどにマコが姿を現した。相変わらず服装はおしゃれで、ニット帽に黒ぶちメガネを掛けている。メガネ姿を見るのは初めてのような気がする。

「ごめん、待たせた？」

「ううん。私も、今さっき来たところ」

「外は冷えるから、さっそく移動しよっか」

マコは無邪気に笑うと、私に向かって手を伸ばした。握れということなのだろう。この前も手を繋いでいるのに、こうして改めて差し出されるとなんだか照れてしまう。

「付き合ってないのに、手を繋ぐのはありなのかな……」

「えー、今さら何言ってるの。クリスマスまでは恋人って約束でしょ」

「それはそうだけど」

「それに子供の頃から散々繋いでるでしょ。彩姉」

きっと〝彩姉〟と呼んだのはわざとだ。

「なんか都合のいいときだけ、幼なじみだってこと、利用してない？」

「当たり前じゃん。なんでも利用できるもんは利用しないと。ほら、早く」

悪びれもせずに言われて、思わず可愛く思えてしまう。そっと手を重ねると、マコは嬉しそうに笑った。

「ねぇ、今からどこ行くの？」

「まずは井の頭公園に行くつもりだけど、その前に腹ごしらえしない？　おすすめのカフェがあるんだ。っていうかじつはすでに予約取っちゃってるんだけど、お腹の減り具合はどう?」

「朝、コーヒーしか飲んでないからペコペコ。ありがとう」

マコはホッとしたような表情を浮かべると、私の手を引いて歩き始めた。

駅から少し離れ、人通りもまばらになったところで、マコが足を止めた。

「着いた」

そこは間口こそ広いものの、なんの変哲もない古びた外観の雑居ビルだった。
四、五人乗るのがせいぜいというような狭いエレベーターに乗って三階で降りる。するとそこには、殺風景なビルの外観からは想像できないような、開放的な雰囲気のカフェが店を構えていた。
店内に足を踏み入れると、日当たりのいいフロアにソファがゆったりと配置されていて、洋書や観葉植物などがおしゃれに飾られている。

「うわぁ、ソファふかふか。これはくつろげるね」

「でしょー。ランチもいろいろあるから、好きなの選んで」

マコがメニューを広げて差し出す。たしかに種類が豊富で、何を注文するか悩んでしまう。

「ビーフシチューも美味しそうだけど……、やっぱりパスタランチにしようかな。マコは?」

「俺はパニーニランチ。いつも悩むんだけど、結局これにしちゃうんだよね」

「えー、いろいろ食べてみればいいのに。もっと気に入る料理に出会えるかもよ」

「ごもっともなんだけど、俺ってなんでも一途だからさ。知ってるでしょ？」

マコが私の顔をのぞき込むように見る。その大人びた表情に一瞬ドキリとさせられる。関係が変わったあの日からマコのいろんな顔を目にするようになった気がする。マコのことならなんでも知っている気でいたけれど、ただの思い込みだったのかもしれない。こんなお気に入りのカフェがあることすら知らなかった。

お水を運んできた店員に注文を済ませると、私は遠回しに探りを入れた。

「このカフェはどうやって見つけたの？」

「ここはね、大学の友達が見つけたんだ。それからよく通ってる」

「へぇ、その友達とよく来てるの？」

「いや、それは……その友達とだったり、違ったり……」

マコにしては珍しく歯切れが悪い。なんとなくそんな気はしていたけど、ここにはおそらく女性と来ているのだろう。このカフェを見つけたのも、たぶんその女性だ。

「気まずそうな顔しなくてもいいよ。デートでよく使ってるんでしょ？」

「まぁ、よくでもないけど、正直、使ったことはあるかな。お気に入りの店だから彩ちゃんと来たくてここにしたんだけど、やっぱ、よくないよね」

「なんで？　いいお店を教えてもらって私は嬉しいけど」

　実際にそういう気持ちだったし、気にしてほしくなくて明るく言ったのに、マコは余計に表情を曇らせた。

「許してもらって喜ぶべきところなんだろうけど、もうちょっと妬《や》いてくれてもいいのにな……」

「ああ、だから、そういう顔をしてるのか」

　マコには悪いけど、拗ねている様子が可愛くて顔が綻《ほころ》んでしまう。

「何笑ってんの。まぁ、本当に彩ちゃんと付き合えるようになったら、ヤキモチを焼かせるようなことなんてしないけどさ」

「……うん」

「その代わり、俺のほうが妬いちゃうかも。ほかの男と楽しそうに話しているのを見るだけで嫌だよ。異性の友達とかも不愉快だし」

「でも、その点は心配いらないよ。そもそも男友達なんて私にいないけど……」

「どうしたの？　急に暗い顔して」

　ふと敢太の顔が思い浮かぶ。二度目の告白をされたことは、マコにまだ話していない。ちゃんと伝えたほうがいいのか、黙っておいたほうがいいのか、自分でもよくわからない。事前にさつきにでも、相談しておけばよかったと思う。

ちょうどそのとき、プレートに載ったランチが運ばれてきた。海老とバジルのクリームソースパスタに、コンソメスープ、サラダとポテトもついている。マコが頼んだパニーニも、チーズがとろけていて、見ているだけで食欲をそそる。

「ううん、何でもない。それよりパニーニ、熱々のうちに食べたほうがいいんじゃない？」

「そうだね。いただきまーす」

マコは口を大きく開け、豪快にパニーニを頬張った。

「あっ、大丈夫？」

「熱っ！」

「ほら、やっぱり。火傷した？」

「ちょっと口の中がヒリヒリする。でもすごく美味しい。ひと口食べてみる？」

「もらおうかな。パスタもひと口食べてみて。美味しいよ」

私たちはお互いに注文したものをひと口ずつ分け合った。昔からよくこうしていて、今ではもう習慣になっている。

「初めて食べたけど、美味いな、このパスタ」

「でしょ？　だから、次からはいろいろ頼んでみなよ」

「うーん。でも、結局パニーニを頼んじゃうかもな。ほかのは、彩ちゃんにまたひと口もらえばいいや」

「わかった。じゃあ、またここに来ることがあったら、代わりに私がいろいろ頼むね」

タイミングよく料理が運ばれてきたおかげで救われた。あの話の流れだと、きっと敢太とのことを白状させられていただろう。

しかし、マコは先に食べ終えると、敢太のことを口にした。

「あれから元カレには変なことされてない？」

「変なことはされてないけど……」

「〝けど〟って、さっきも同じようなところで言葉をにごしてたよね」

「ごめん。気になるような言い方して」

「そんなことは別にいいんだけど、話したいことがあるなら話してよ」

「特に何も……」

「ないわけないよね。顔に書いてある。隠されてると余計に心配になるから、嫌じゃなかったら話して。俺、どんなことでも聞きたい」

「……わかった」

迷いながらも、敢太から二度目の告白をされたことを話した。マコは不機嫌な表情をしつつも、怒っているようには見えなかった。

「で、敢太には、よく考えてから返事をするって答えた」

「ふーん。俺にとっては面白くない話だけど、遠慮はいらないから。あいつとも連絡を取ったり、出かけたりしなよ。それでちゃんと答えを出してくれるなら構わないよ」

「でも、マコに嫌な思いをさせることになるけど、いいの？」

「もちろん、嫌に決まってるよ。でも、付き合った後で〝やっぱりあの人のほうがいい〟って言われるほうがもっと嫌だから」

そう言うと、マコは優しく微笑んだ。でも、その瞳は揺れているように見えた。きっと、私のために、自分の感情をのみ込んでくれているのだろう。

「ありがとう。きちんと考えて答えを出すよ」

「言っとくけど、こんなに寛大なのは今だけだからね。もし付き合ったら、ほかの男と連絡すら取らせないから」

「マコって意外に束縛するタイプなんだね」

「彩ちゃんにだけだよ。だって、死ぬほど好きなんだもん」

明るく笑いながら、さらっと愛の告白をされ、鼓動が激しくなる。身体が火照るのは、温かいスープを飲んだせいばかりではないだろう。

「は、早く公園に行こうか」

「彩ちゃん、顔真っ赤だよ」

「そう？　ご飯を食べて、身体が温まったせいかな？」

「……そういうことにしといてあげる」

私とは対照的に、マコは余裕たっぷりの表情で私を見つめていた。


ランチを終えると、井の頭公園に向かった。散歩するには気持ちのよい気候で、他愛もない話をしながらゆっくりと園内を回った。やがて、公園の端にたどり着いたと思ったら、道路を挟んで向かい側に動物園が併設されているのを知って驚かされる。マコに入園料を奢ってもらい、十数年ぶりに猿や象、リスの姿を生で見た。

動物園を後にすると、マコがよく買い物をするというセレクトショップに足を運んだ。メンズとレディースの両方を扱っているお店で、洗練された大人向けのショップだった。何げなくスカートの値札を確認すると、社会人でもやすやすとは手の出せない価格がつけられていた。私は顔に出さないように気をつけながら、そっと元の場所にスカートを戻した。

学生なのにこんなお店が行きつけなんて、マコのお財布事情はどうなっているのかと少し心配になる。

「このダテメガネもここで買ったんだ」

「やっぱりダテだったんだ。マコのメガネ姿見るの初めてだもんね」

「本当は邪魔なんだけど、渋々ね……」

「渋々って？」と聞き返したところで、店員がマコに話しかけてきた。

「こんにちは。眞くん、この前、雑誌に載ってたでしょ？」

「ありがとうございます。ああいうのは慣れてないんで恥ずかしいです」

マコと店員はしばらくその話題で盛り上がっていた。どうやらマコが何かの雑誌に載ったらしいが、それ以上のことは話を聞いていてもよくわからなかった。

「あっ、お連れさまがいらっしゃるのに、長々とごめんなさい」

そう言って店員が私に頭を下げると、マコが振り向いた。

「そうだった。彩ちゃん、ごめんね」

「大丈夫。気にしないで。それより、雑誌に載ったんだ？」

「まあね。そのことは、夜、ゆっくり話すよ」

マコは意味ありげに微笑むと、そのまま何も買わずに店を出た。私は電話で言われていたことを思い出し、歩きながら尋ねた。

「そういえば、今夜、誰かと食事をするから私も一緒に、って言ってたよね？」

「うん。彩ちゃんを紹介しておきたい人がいるんだ」

「そうなんだ。相手は誰なの？」

「プロダクションの社長とマネージャーだよ」

思わず私はその場に立ち止まった。てっきり相手は大学の友達あたりだろうと、気楽に考えていたからだ。マコがお世話になる方々に会うとわかっていれば、もっときちんとした格好をして、菓子折りの一つでも用意したところだった。

それに、マコにマネージャーがついているということもまるで芸能人みたいで、私の知らない世界に行ってしまったようにも感じる。

「どうして事前に教えてくれなかったの。知っていればちゃんと準備してきたのに。会う前に手土産買ってもいい？」

「ごめん。うっかりしてて伝えるの忘れてた。でも、手土産なんていらないよ。フランクな人たちだし、友達と飲みに行くようなつもりでいてくれれば」

「そんなわけにはいかないよ。とにかく何か買って行こう」

「……わかったよ。じゃあ、社長たちとは新宿《しんじゅく》で会うから、そこで買おうか」

私たちは約束の時間よりも早く新宿に向かい、百貨店のデパ地下で社長の好物だという最中《もなか》を購入した。とりあえず、これで社会人として、最低限の格好はつくだろう。

「ちょっと緊張してきちゃったな」

「そんなに身構えなくても大丈夫だよ。二人とも話しやすい人だから。まぁ、社長にはびっくりするかもしれないけど」

「どういうこと？」

「それは会ってからのお楽しみ。あ、そろそろ店に向かおうか」

マコは私の手を取って人混みを歩き始めた。駅のガード下をくぐって、西新宿方面に出る。駅周辺の居酒屋にでも入るのかと思っていると、素通りしてオフィス街を突き進んでいく。やがて、マコは立ち止まって、天を仰ぐと、高層ビルの一つに入った。

普段はビジネスマンの姿で賑わっているであろうエレベーターホールに人影は少なく、辺りの静けさにさらに緊張感が増していく。エレベーターに乗り込むと、マコは最上階のボタンを押した。

エレベーターを降りると、窓の外に夕闇が迫りつつある都心ならではの煌《きら》びやかな眺めが広がっていた。高級店が並ぶ中、別世界を宙に浮いたような感覚で歩いていくと、マコは一番奥の日本料理店の扉を開いた。出迎えた店員に「黒木《くろき》で予約してあると思いますが」と告げると、すぐに中へ案内された。

店内には紅葉《もみじ》が飾られていて、その中央に滝が流れている。今までに入ったことのあるどのお店よりも、ランクの高いお店であるのは間違いなかった。プロダクションの社長ともなると、普段からこうした場所で飲食しているのだろうか。失礼があってはならないと思うと、緊張を通り越して、プレッシャーに押し潰されそうになる。

個室の前まで案内されると、中から話し声が聞こえてきた。すでに相手は到着しているようだった。約束の時間前とはいえ、目上であろう人を待たせてしまうなんて社会人として失格だ。いの一番に謝ろうと心に決めて、部屋に足を踏み入れた。

「あらぁ、マコちゃん、今日はちゃんと変装しているじゃない。偉いわぁ」

スポーツ刈りでマッチョな男性が甲高い声で話しかけてきた。その話し方に衝撃を受けて、手土産の最中を落としそうになる。四十代半ばと思《おぼ》しきその男性は、秋なのに日焼けしていて半袖姿だ。

その言葉遣いと様子から、彼が〝オネエ〟であることは一目瞭然だ。おそらくこの人が社長ということなのだろう。

「いや、変装なんて必要ないと思ってるんですけど、黒木さんに言われたので、一応」

そう言ってマコは社長の隣のスーツ姿の女性に目をやった。年齢は私より少し年上だろうか。黒髪を一つに束ね、赤いメガネを掛けている。いかにもマネージャーにぴったりのイメージだ。

「駆け出しでもファンはいます。今のうちからプロの意識を持っておくことは重要ですよ。で、そちらが例の幼なじみの方でしょうか？」

「いやぁね、〝例の〟なんて堅苦しい言い方しちゃって。マコちゃんの大好きな〝ハニーちゃん〟でいいじゃない」

社長のキャラクターと場の雰囲気に圧倒されて、気がつけば、私はまだ挨拶も済ませてない。慌てて二人のそばにいき、最中を差し出しながら深くお辞儀をした。

「はじめまして。種村彩と申します。いつも眞がお世話になっております。こちら、つまらないものですが……」

「もう、ハニーちゃんまでそんなかしこまっちゃって。仕事じゃないんだから、もっと楽しんで。最中はありがたく受け取っておくけどね」

「社長、種村さんをそんな言い方で呼ぶのはおやめください。申し遅れました。私、海老名くんのマネージャーを担当している、黒木礼《れい》と申します。今後ともよろしくお願いいたします」

社長と黒木さんの態度が真逆で、どう振る舞っていいのかわからない。

「社長もきちんと挨拶してください」

「あら、私としたことが失礼しました。Eプロの社長をやらせてもらっている遠藤康生《えんどうやすお》よ。名前は可愛くないから、〝社長〟か〝遠藤ちゃん〟って呼んでね」

「はい。では、社長と呼ばせていただきます。今日はお待たせしてしまって、申し訳ありませんでした」

「やめてよぉ。たまたま早く着いちゃっただけなんだから。ほら、マコちゃんも、彩ちゃんも早く座って」

「ありがとうございます」

社長に促されて、ようやく私たちは席についた。

注文して間もなくお酒が運ばれてきて、社長の「新しい出会いに乾杯」という言葉と共にグラスを合わせた。社長はグラスを持つ手の小指を立てたまま、笑顔で私に話しかける。

「ずっと彩ちゃんに会ってみたかったのぉ。マコちゃんからいろいろ聞いていたから」

「そうなんですか。ありがとうございます」

マコは私のことをどう話しているのだろう。〝ハニーちゃん〟と呼ぶくらいだから、

社長がマコの気持ちを知っていることは間違いない。

「私たち、結構前から知り合いなんだけどね、マコちゃんって酔っぱらうとあなたの話ばっかりするのよ。弟としか見てもらえないってぐちぐち言うもんだから、言ってやったのよ。押し倒しなさ――」

「ちょっと、ストップ！　それ以上話すのはやめてください」

マコは慌てて社長の話を遮ったけれど、もう十分聞いてしまった。

まさか社長の言葉に従って、私に強引に迫ったとは思えないけれど、そんな話をする仲なら、私たちが関係を持ったことさえも社長は知っているのかもしれない。

そう考えると恥ずかしくて、たまらずうつむいた。

「社長、種村さん、困っているじゃないですか。セクハラになりますよ」

「セクハラになんてならないわよ。ただのガールズトークでしょ？」

黒木さんが止めに入ってくれたけど、社長は気にも留めていないようだ。きっと心は

女性だから、実際、そういうつもりはないのだろう。ただ、マコがいる時点で、ガールズトークにはならないと思う。

「社長、あんまり俺に都合悪いことは話さないでくださいよ。今、彼氏になるために頑張ってるんですから」

「そうだったわね。ごめんなさい。じゃあ、マコちゃんをいっぱい褒めて、彩ちゃんに好きになってもらえるように挽回するわね」

社長は女の子がするような可愛いガッツポーズをして、ウインクまでしてみせた。全然可愛くはないけれど、場を和ませる不思議な力があるように思った。最初は緊張していたけれど、打ち解けるのに時間はかからないかもしれない。

けれども、そんな社長の力も、黒木さんにだけは通用しないらしい。

「水を差すようで申し訳ありませんが、私は、お二人には今の関係のままでいてほしいと思っております」

マコが困惑した表情を浮かべる。

「黒木さん、今までそんなこと言ってなかったのに、どうして急に――」

「急ではありません。種村さんには申し訳ないですが、ずっと思ってました。海老名くん、もう少しプロとしての自覚を持ちなさい。駆け出しとはいえ、すでに応援してくれてるファンがいるんですよ」

マコにファンがついているなんて、想像もしていなかった。てっきりバックダンサーか何かをしているのかと思いきや、話は違うようだ。おそらくマコ自身がスポットライトを浴びるような役割を期待されているのだろう。そうでなければ、こうした席で、ここまで厳しく言わないはずだ。

「黒木ちゃんの言うことは正しいかもしれないけど、一人を想い続けるような純情な恋心はアリだと思うわよぉ。むしろ好感度高いんじゃない？　あっちこっちに手を出して、噂が絶えないようなのは困るけど」

「社長は考えが甘すぎます。私はスキャンダル自体がＮＧだと申し上げているのです。これからグループやモデルとしての仕事も増えますし、公式のＳＮＳアカウントも立ち上げたばかりです。このような大事な時期に女性問題は御法度《ごはっと》ですよ。ファンは圧倒的に女性が多いんですから」

突然マコの置かれている状況を知って、頭が真っ白になる。話の内容は理解できても、当事者の一人として自分も関係している問題とは思えなかった。

「たしかにグループを組ませたのは私だわ。でもそれは、マコちゃんやほかの若い子たちの可能性を広げるためで、アイドルを目指してもらう気はないの。うちの子たちはあくまでダンサーよ。評価は何よりダンスでしてもらうの」

「それは、そうですが……やはりマネージャーとしては、そう簡単に認めるわけにはいきません」

「その気持ちもわかるけど、もう少し肩の力を抜いて。自由な気持ちを奪ってしまっては、いい踊りは見せられないわよ。さあ、この話はこれでおしまい。せっかくお食事が運ばれてきたのに、誰も手をつけられないじゃない。何より、私、お腹ペコペコなの」

言われてみれば、私たちはお酒に口をつけただけで、ほとんど何も食べていなかった。

「俺も、お腹すきました。早く食べましょう」

それからは、マコの仕事について具体的な話が出ることはなかった。気を遣ってくれているのか、社長自らがいろんな話題を提供してくれるので、ただ話を聞いて笑っていればよかった。

でも、じつを言うと、そのほとんどは作り笑いで、はじめに聞いたマコの仕事や黒木さんの言葉が衝撃的すぎて、社長の話は頭に入っていなかったし、料理の味もよくわからなかった。

こうして食事会は三時間程度で終わり、社長と黒木さんが乗ったタクシーを見送ると、私たちは新宿駅に向かった。

「彩ちゃん、今日はうちに泊まっていくよね。明日は日曜だし」

「……ううん、家に帰る。まだ電車あるから」

「どうして？　もしかして、黒木さんに言われたこと気にしているの？」

「まあ、少しね」

本当は少しどころか、かなり気にしていた。

マコにどのくらいのファンがいるのか、これからどんな活動をしていくのか、具体的なことは何一つわからないけれど、どう転んでも、これから先、私の存在が邪魔になってくることだけは確かのように思えた。

たとえ恋愛関係に発展しなくても、こうして二人で会っていることさえ問題になるかもしれない。

「じゃあ、俺が彩ちゃんの家まで行くよ。まだ一緒にいたいもん」

マコは立ち止まると、私に向き直って言った。今日、一日一緒にいたのに、まだ足りないと思ってくれていることは嬉しかった。ストレートな表現に心が揺らぎそうになるけれど、やはり泊まるのはよくない気がした。

「それじゃ意味ないでしょ。私、マコの夢の邪魔はしたくない」

「大丈夫だよ。邪魔になんてならないし、第一、夢よりも彩ちゃんのほうが大事だよ。さすがにあの場では言えなかったけど……」

マコが私の両手を、その大きな手で優しく包み込む。

「忘れないで、俺がそう思っていること」

「うん……」

マコの瞳が眩しすぎるくらいに輝いている。それは、私一人で独占するのはもったいないと思えるほど、綺麗だった。

2

十一月の中頃、夏子から全社員に向けてチャットが送られてきた。定例となっているボーリング大会の出欠の可否についての連絡だった。

数カ月に一度の割合で開かれているその大会はあらかじめグループが決められていて、合計スコアが高いチームに社長から賞品が贈られる。海外旅行や十数万円する電化製品が賞品になるときもあるため、参加率は高い。これまで私も毎回参加していた。

ただ、今回はマコがグループとして初出演するイベントの日と重なっていたため、どうするか迷っていた。大会の日程自体はずいぶん前から知らされていたけれど、マコに「観に来てほしい」と言われて、よく考えずに「観に行く」と答えてしまっていた。

一方で、先日の話があったため、イベント会場で黒木さんに会うのは気まずかった。おそらくあまり歓迎はされないだろう。私が黒木さんの立場なら、リスクを取るような行動は慎んでほしいと思うのは当然のことだ。

けれども、マコの頑張っている姿を見たい気持ちは抑えられない。ボーリング大会はこの後何度も開かれるけれど、マコのグループとしての初舞台は一度きり。会社の行事を欠席するのは気が引けるけれど、私は、共有フォルダに保存されている出欠リストに〝欠席〟と入れた。

一時間後、休憩がてらに自販機まで飲み物を買いに行くと、「よっ、お疲れ」と後ろから敢太に声を掛けられた。

「お疲れさま」

こうやって敢太と二人で話すのは、会議室で二度目の告白をされて以来のことだ。あのとき「覚悟しといて」と言っていたわりにはときどきメッセージが届くくらいで、デートに誘われるようなことはなかった。正直、ちょっと拍子抜けしていた。

「ボーリング大会、欠席するんだ?」

「よく見てるね。ちょっと用事があって」

「彩の名前は一番に確認するからな。それで、用事って何?」

「えっ⁉」

まさか、具体的なことまで聞かれるとは思わなくて、敢太の顔をまじまじと見てしまった。敢太は至って真面目な顔で返事を待っている。

「えっと……前々から友達との約束があって」

「友達？　お前、東京《とうきょう》で友達なんてほとんどいないだろ」

「いないこともないけど……」

　本当のことを言い出しにくくて、とっさにごまかしたけれど、すぐに嘘だと見抜かれてしまったようだ。答える義務はないのに、後ろめたい気持ちになる。

「本当はあいつとデートの約束でもしてるんじゃねぇの？」

「そういうわけじゃないけど、外せないイベントがあって……」

「イベントねぇ」

　敢太の責めるような視線が痛い。恋人同士でもないのに、浮気を疑われているような気分だ。私は目をそらす口実に自販機にお金を入れ、話題を変えた。

「ところで、敢太も飲み物を買いに来たんじゃないの？」

「いや、俺は彩と二人で話したくて、追いかけてきただけ」

「そう……」

「本当はもっとゆっくり話したいんだけどな。今度また飲みに行こうぜ。お酒が嫌だったら飯だけでもいいし」

「うん」

　欠席理由の追及から逃れることには成功したけれど、心はどこか晴れなかった。

イベント当日、私は仕事を早々に切り上げると、渋谷区の代々木《よよぎ》公園に向かった。

原宿《はらじゅく》駅で下車し、それらしき人の波に従って歩いていく。公園に到着すると、野外ステージを中心に、すでにあちこちに人だかりができていた。

複数のグループが出演するようで、各プロダクションのブースでは、所属タレントのグッズが売られている。歩きながら見る限り、知っている顔は一人もいなかった。

しばらく進んでいくと、マコのプロダクションのブースを見つけた。遠目に社長と黒木さんの姿を確認する。黒木さんに冷たくされたらどうしようと怯えつつも、勇気を出して近寄った。

「こんばんは。ずいぶん大きなイベントですね」

「……お待ちしてました。わざわざご足労いただきありがとうございます。よかったら、これを着けていただけませんか」

黒木さんに渡されたのは、首から掛けるタイプのスタッフ証だった。社長は私たちを交互に見てにっこりと微笑んでいる。

「こんなものお借りしてもいいんですか？」

「はい。そのほうが……周りの目を気にせずに海老名くんと話せますから」

なぜか黒木さんの顔が少し赤く染まっているように見える。

「黒木ちゃんなりの仲直りのしるしってことね。女の友情だわ！」

「……別にそういうわけではありません。こうしたほうが、余計な噂が立たずに済むと考えたからです。それより社長、人目があるので、社外でそのような話し方をするのはおやめください」

黒木さんの歯切れのいい物言いに感心してしまう。私だったらこんなふうにきっぱりとは言えないだろう。

「あらぁ、やめろって言われても無理よぉ。勝手に女の部分が出ちゃうんだもの。彩ちゃん、マコちゃんたちの出番はまだだから、ここでゆっくりしてて」

「ありがとうございます。でも、ここでグッズ販売とかするんじゃ……」

「心配しないで。じつはまだ結成したばかりで、グッズは用意できてないのよ。あるのは、うちのダンサーが出演するミュージカルのパンフレットと、来週のイベントのチラシくらいしかないのよ」

社長が私にチラシを手渡す。そこには小さくマコの写真が載っていた。同じくらいの年齢の子と四人で肩を並べて、アイドルスマイルで写っている。

「えっと、グループ名は……ｅｃｌａｉｒって、あのお菓子の〝エクレア〟ですか？」

「そうなの。私がつけたのよー。カッコ可愛いと思わない？」

社長が少女のように目を輝かせて尋ねる。とてもダサいとは答えられなかった。

「そ、そうですね。何か名前の由来があるんですか？」

「うちのEプロにちなんで、最初にEが付く言葉がよくてね。それで、候補を絞っていったんだけど、エクレアにはフランス語で〝稲妻〟っていう意味もあるのよ。それが決定打かな。二つの意味があるなんて素敵でしょ」

　黒木さんが社長の話を補足する。

「スイーツを食べたときに感じる甘い幸せと、稲妻のように心に強い印象を与えるパフォーマンスの両方を与えたいという意味を込めてのものです」

「なるほど。奥が深いですね」

　個人的にはもっとカッコいい名前があるのではないかと思った。でも、カッコいいから売れるというものでもないのだろう。マコ自身は納得しているのだろうか。案外「可愛くてイイですね」と受け入れていそうな気もする。

　そのまましばらく三人で雑談をした後、話が途切れたところで、黒木さんが「そろそろチラシ配りに行ってきますね」と言ってブースから出ようとした。

「あの、私も手伝います」

「いえ、種村さんに手伝っていただくわけには……」

「私も今はEプロのスタッフとして使ってください」

　貸してもらったスタッフ証を掲げてにっこり笑うと、黒木さんも微かに笑ってくれた。

「わかりました。それでは、お言葉に甘えて」

私はチラシの半分を受け取ると、ブースの前に出て配り始めた。

「じゃあ、私も暇だから手伝おうかしら」

「さすがに社長にお手伝いいただくわけには……」

「何言ってるの。うちの子を売り込むのは、社長としての役目よ」

社長は私と黒木さんから強引にチラシを何枚か奪うと、隣に並んで宣伝を始めた。

「来週は川崎《かわさき》でイベントに出演しますので、どうか応援お願いします。最高のパフォーマンスを披露しますよ」

社長は通りがかりの女性に、凛々しい顔つきで話しかける。オネエ言葉や独特の仕草を封印すると、ダンディで、とても素敵な男性に見える。

「新しいグループなんですね。スタッフさんもいらっしゃるんですか？」

「はい、もちろん。よろしければ、私に会いに来てくださってもかまいませんよ」

「やだーそんなこと言うと、本当に会いに行っちゃいますよ」

「では、期待してお待ちしてますね」

女性は顔を真っ赤に染め、何度かうなずいてチラシを受け取っていた。

「あの……社長って、その……」

「答えは、秘密よ」

「えっ？　私はまだ何も」

「顔を見れば、何を聞きたいのかわかるわよ」

社長は意味ありげに笑うと、軽くウインクをしてみせた。その仕草が妙に色っぽくて、なぜか彼を男として意識してしまう。

「あっ、そろそろイベントが始まるわねぇ。黒木ちゃんはあの子たちのところに行ってちょうだい」

「わかりました。では、これも頼みます」

黒木さんは私に残りのチラシを渡すと、舞台裏でスタンバイしているマコたちの元へ向かった。

「彩ちゃんはここで私と一緒に見守りましょうね」

Eプロのブースは幸運にも舞台から近くて、まさに特等席といえる場所だった。

もうすぐイベントが始まる。マコたちの出番は四番目とのことだ。マコは今、どんな気持ちで出番を待っているのだろうか。まるで自分のことのように私まで緊張してしまう。居ても立ってもいられず、気を紛らわすために一心不乱にチラシを配り続けた。

人の波が途切れて、ふと辺りを見渡したときだった。見覚えのあるスーツ姿が視界に映った気がした。気になって目で追いかけるものの、すでに姿はなかった。

誰に似ていたのか最初はわからなかったけれど、少し考えて敢太に似ていたのだと気づいた。だとすれば、他人の空似に違いない。今頃敢太はボーリング大会の真っ最中のはずだ。

「彩ちゃん、何ぼーっとしてるの？　チラシはもういいから早く！　もうすぐエクレアの出番よ」

「あっ、カメラの用意しなくちゃ」

「無駄だからやめときなさい。シャッター押すチャンスなんてないから」

言われていることの意味がよくわからなかったけれど、素直に言うことを聞いて、バッグから取り出しかけたスマホを戻した。

ステージに目を向けると、付近に若い女性が集まっていて、歌手やダンサーたちに黄色い声援を送っている。テレビで見かけるような有名人は出ていないのに、すごい盛り上がりだ。黒木さんの「すでに応援してくれてるファンがいる」という言葉の意味を身を持って理解する。

「続いては結成ほやほやのグループ、エクレアのみなさんです」

司会者の紹介が終わると、黒で統一された衣装に身を包んだ四人組がステージに現れた。シンプルでありながら、普段目にしないような個性的なデザインが、彼らの初ステージに彩《いろど》りを加えている。

「あの衣装、素敵ですね」

「でしょう？　出来上がったのが数日前でひやひやしたけど」

社長はとても誇らしげに、四人のパフォーマンスが始まるのを見守っていた。

一瞬の静寂の後、テンポの速い曲が大音量で流れ始める。すると、それに負けないくらいの大歓声が上がった。初ステージだというのに、すでに見る人はマコたちの佇《たたず》まいから何かを感じ取っているようだった。

「彩ちゃん。今からはもう一瞬のよそ見も許されないわよ」

「え？」

「ほら、しっかり前を見て」

言われるままにステージに目をやった瞬間、私は彼らの世界に引きずり込まれた。

動きはしなやかだけど、力強くかつ機敏で、目で追いかけることすら難しいほどだ。しかも、四人のダンスは息がぴったりで、見事な調和を奏でている。ステージが狭いせいか、ジャンプやバク転などの派手な振りつけはないものの、キレのあるダンスに誰もが釘づけになった。

今までマコがダンスをしている姿は何度も見てきた。ダンスのことは詳しくないけれど、マコが格段に上達していることは私にもわかった。

やっぱりマコは踊っているときが一番輝いている。私のほうが大事だと言ってくれたけれど、マコにはダンスのことを最優先に考えてほしいと思う。

夢に向かって突き進んでいくのは、簡単なことじゃない。勇気がいるし、楽しいことばかりじゃないはずだ。挫折して、這い上がって、並大抵でない努力を重ねてきた結果、やっと手にしたチャンスなのだろう。

「どう？　マコちゃんの踊る姿は」

「最高にカッコいいです！」

こんなに気分が高揚するのは、生まれて初めてのことかもしれない。スリルのある映画を見たときよりも、ジェットコースターに乗ったときよりも、心が踊っている。

マコが夢を追いかける姿をずっと見守っていきたい。それが幼なじみとしてなのか、恋人としてなのかはわからないけれど……。

ステージで踊るマコの姿を見て、私の心は素直にそう感じていた。


イベントは終盤を迎え、ブースの片づけをしながらほかの出演者のステージを観ていると、着替えを終えたマコたちがやってきた。

「彩ちゃん、ちゃんと見ててくれた？」

「見てたよ。お疲れさま。すごくカッコよかったよ！」

素直に感想を伝えた途端、マコの表情が一際明るくなった。

「マジで？　すごく嬉しい！」

マコは周りに大勢の人がいるにもかかわらず、私に抱きついてきた。

「ちょっと、離れなって」

「えー、嫌だよ。やっと会えたのに」

慌ててマコの身体を押しやろうとするけれど、私の力ではびくともしない。マコのファンがそばにいるかもしれないし、何より黒木さんがそばにいる。せっかく一緒にビラ配りをして距離が縮まったのに、このままではまた拒絶されるかもしれない。

そんな不安が頭を過《よぎ》ったとき、メンバーの一人がマコを私から引き離した。

「こら、お姉さんが困ってるよ。少しは落ち着けって」

「あっ、ナオトさん、ごめんなさい。ちょっと興奮しちゃって」

ナオトと呼ばれた男性は長身で、硬派という言葉が似合いそうな人だった。マコが敬語で話しているということは、彼がエクレアのリーダーなのだろうか。少なくとも、マコよりも年上であるのは間違いなさそうだった。

「社長、何か手伝うことはありますか？」

「ナオちゃん、お疲れさま。特にないから、もう黒木ちゃんの車で事務所に戻りなさい。初ステージ、最高だったわよ」

「ありがとうございます！　それでは、お先に失礼いたします」

ナオトくんが社長に向かって頭を下げると、ほかの三人も同じように頭を下げた。その様子はまるで体育会だ。

「それでは、いったん事務所に戻りましょう。種村さんも一緒に乗っていきますか？」

拒絶されるのではないかと思っていた黒木さんに声を掛けてもらい、胸を撫で下ろす。

「はい。では、お言葉に甘えて」

「やった！　彩ちゃんと一緒に帰れる」

「初ステージを終えたばかりで興奮しているのかもしれませんが、もっと落ち着きなさい。人に見られる商売なんだから、もっと周りの目を気にしなさいって、いつも言っているでしょ」

また私に抱きつこうとしたマコの頭を、黒木さんが丸めたチラシの束で本気で叩いた。

私たちは会場を出て、近くに停めてあったワゴン車に乗り込む。運転席に黒木さん、助手席にナオトさんが座り、二列目に私とマコ、三列目に残りのメンバーが座った。

「ねえ、マコトくん。僕たちにもお姉さんの名前くらい教えてよ」

「うん。彼女は幼なじみの種村彩さん。幼なじみと言っても、俺より少し年上で、ずっと弟のように可愛がってもらってきたんだ。で、彩ちゃん。彼はハルカ。その隣にいるのがアッシだよ。あと助手席にいるナオトさんの四人でグループを組んでるんだ」

「はじめまして。ダンス見ました。すごくカッコよくて興奮しました！」

後ろを振り向いて、椅子の合間からハルカくんとアッシくんに感想を伝えると、ハルカくんは、「ありがとうございます」とガッツポーズをした。その笑顔は女性と見間違えそうなほど可愛くて、思わず見惚《みと》れてしまいそうになる。

隣のアツシくんは話にこそ入ってこないけれど、やはり口元に笑みを浮かべていて、褒められてまんざらでもなさそうだった。

「今はダンスだけですけど、そのうち歌も入ると思うから楽しみにしててください」

「えっ、みんなで歌うんですか？」

「いえ、歌うのはアツシくん。ダンスだけじゃなくて歌唱力も抜群なんです。そうだよね、アツシくん」

ハルカくんが自分のことのように誇らしげに話す。

「……別に、抜群ってほどではないけど」

アツシくんは直球で褒められたことが恥ずかしいらしく、ハルカくんから顔を背けて窓の景色を見ながら答えた。

ハルカくんも、アツシくんも、それぞれ個性があって、可愛く見える。マコの世話を焼いてきたせいか、まるで弟が増えたように感じる。

「ちなみに、マコトくんも一緒にボーカルやるって話があったんだけど、彼、断ったんですよ。もったいないと思いません？」

「そうなの、マコ？」

「うん。俺不器用だから、二足のわらじってやつは無理なんだよね」

私は「そっか」と相づちを打ちながらも、なんとなくそれが本当の理由ではない気がした。メンバーの手前、口に出さないけれど、マコはそもそもグループで歌をやりたいなんて思ってないのではなかろうか。ダンス以外のことで無駄な時間を取られたくない、そんな心境でいるように思った。

「あー、なんか後ろばっかり見てたら、ちょっと酔ったかも」

マコは元の姿勢に戻ると、静かに目を閉じた。すぐに隣から寝息が聞こえてきた。きっと、酔っただけでなく、緊張して疲れていたのだろう。私は「頑張ったね、お疲れさま」と心の中で呟きながら、綺麗な横顔をしばらく見守っていた。

事務所に荷物を運び終えると、私とマコは一緒に帰途についた。後から到着した社長をはじめ、事務所のスタッフやメンバーはみんなで打ち上げに行くらしいけれど、マコは車酔いで気分が悪いと言って断った。

「具合はどう?」

「うん、大丈夫。本当は打ち上げを欠席するほど、気分が悪いわけじゃないんだ。彩ちゃんと一緒に帰りたかっただけ」

「ええ、そうなの? 出たほうがよかったんじゃない?」

「いいの。これ以上彩ちゃんがメンバーと仲良く話しているとこ、見たくないから」

マコは帽子にサングラスという変装ルックだけど、拗ねた表情は隠せていない。

「ダメだよ。大人になったら、こういう付き合いも大事にしないと」

「彩ちゃんがそう言うなら、次からはちゃんと出席するよ。そうだ、来週もイベントあるけど観に来てくれる？」

「もちろん」

「やった！　彩ちゃんに観てもらえるのが一番嬉しいんだ」

屈託のない笑顔を見て、私は昔を思い出す。マコの家族と一緒にダンスの大会に応援に駆けつけると、いつもすごく嬉しそうにしていた。彼自身はその頃と何も変わっていないように思う。

ただ、マコを取り巻く環境はあのときとは大きく違う。社長も、黒木さんも、ほかのメンバーも、そしてファンも、みんなそれぞれの立場からマコを応援している。マコはそうしたみんなの期待に応えていかなければいけない。

それはマコが活躍している証しでもあり、嬉しい半面、私の手元から離れていくようにも感じられて、少し寂しくもあった。

3

週明け、会社の行事を休んだことが気まずくて、少し出社しづらかったけれど、敢太に襲いかかられたときほどではなかった。

「おはようございます」

「おはよう。先週のボーリング大会、人事総務チームは二位だったよ」

席に着くなり、佐々木課長が上機嫌で話しかけてきた。

「おめでとうございます。私も参加したかったんですけど、すみませんでした」

「用事だったんだから仕方ないよ。ただ、この前は種村さんの同期は欠席者が多かったなぁ。櫻井さんと甲本くんもいなかったよ」

「そうなんですか……。二人とも忙しかったのかもしれませんね」

さつきはランチのときに、「仕事で行けないかも」とこぼしていたからわかるけど、敢太はわざわざ欠席の理由を私に聞いてきたくらいなのにどうしたのだろう。クライアントから急に呼び出されでもしたのだろうか。

気にはなったけれど、佐々木課長から「ところで、ホームページの件だけど……」と仕事の話を振られ、そのまま頭から消えていった。

昼休みに入り、財布を持っていつもの待ち合わせ場所に行こうとすると、夏子が私に声を掛けてきた。

「ごめん彩、今日はお弁当買ってきて食べる。郵便局に用事があってさ」

「わかった。さつきにも言っておく」

そう言って、さつきの席に目をやると、まだ姿があった。近寄ると、険しい顔つきでパソコンを睨んでいる。

「さつき、お昼行けそう？」

「ごめん、無理そう。金曜からいろいろトラブってさー」

「気にしないで。ボーリング大会も行けなかったみたいだし。お疲れさま」

さつきの顔は傍《はた》から見ても疲れ切っていた。

急に一人ランチになってしまい寂しいけれど、気分を変えて新しいお店を開拓してみるのもいいかもしれない。そう切り替えてエレベーターホールに向かうと、敢太の姿があった。

「お疲れ。今日は珍しく一人なのか？」

「うん、そうなっちゃった。敢太も？」

「ああ。みんな外出中でさ。……たまには一緒に食うか？」

「そうだね……」

誘われなければ誘われないで、物足りなく感じるくせに、いざ誘われると躊躇《ちゅうちょ》してしまう。とはいえ、断る口実もなく、二人でお昼に出かけた。

「よかったな。すぐに座れて」

「そうだね。ランチをやってるのか、外から気がつきにくいから混まないのかもね」

私たちがやってきたのは、ビルの三階にある和食のお店だった。新潟《にいがた》の郷土料理のお店で、以前から気になっていたけれど、私も敢太も入るのは初めてだった。店内は落ち着いた雰囲気で、私と敢太が行きつけにしていた大森の居酒屋とどことなく似ていた。

私はへぎそば、敢太はタレカツ丼を注文した。

「そういえば、ボーリング大会欠席したんだって？」

「ああ……突然、客先に行かなきゃいけなくなってさ。参加したかったんだけどな」

「忙しいんだね」

雑談をしているうちに、注文していた料理が運ばれてきた。ヘルシーという理由でそばを頼んだけれど、敢太のタレカツ丼のほうが美味しそうに見える。

「ひと口食べたい？」

「いや、そういうわけじゃ」

「そうか？　欲しかったら言えよ」

そんなに物欲しそうな顔をしていたのだろうか。恥ずかしくなって、そばをすることに集中した。

そのせいかすぐに食べ終えてしまい、お茶を飲みながら残りの時間を過ごす。

「今日は食べるの早かったな」

「そう……かな」

まるでがっついていたようで、再び恥ずかしさが込み上げる。

「ここ、大森のあの店と雰囲気似ているよな。そうだ、今週の木曜日空いてる？　ここで夕食でもどう？」

「木曜日か……。ちょっと用事が入ってるんだよね」

「そっか……。俺は今週、木曜くらいしか時間が取れそうにないんだよな……。かと言って来週になると、ぼちぼち客先との忘年会に急に呼ばれたりするから予定立てづらいし」

タイミングが悪いことに、木曜日はまたもやマコのイベントと重なっていた。だから、断りたかったけれど、また日を改めて誘われるのも面倒に思えた。この前の話の流れ上、毎回断るわけにもいかない。

「八時くらいでよければ、行けるかも」

マコのイベント会場は川崎駅西口に直結している商業施設だから、二十分もあればここまで戻って来られる。開始は六時からと言っていたので、遅くとも向こうを七時半には出られるだろう。ギリギリ間に合いそうだ。

「いいよ。俺も少し残業したいと思っていたから」

先日のように用事の内容を聞かれるかと思って身構えていたけれど、約束が決まったせいか、あっさりとその話は終わった。時計を見るといい時間だったので、「ちょっとコンビニに寄りたいから」と小さな嘘をついて、店の前で敢太と別れた。


迎えた木曜日の夜。私は仕事を定時に終えると、ラゾーナ川崎プラザに駆けつけた。屋外にあるイベントスペースが今日のマコのステージだ。

会社を出る前に敢太に一声かけようとしたけれど、あいにく外出中で、行動予定表を見ると帰社予定は七時過ぎになっていた。

開始時間までまだ二十分ほどあるのに、ステージの周りには結構な人数が集まっていた。この前はいろんなグループが出演していたけれど、今日はエクレアだけだ。つまり、ここにいる人たちは彼らのファンということなのだろう。

聞いた話では、結成前からそれぞれが読者モデルや動画サイト、ＳＮＳで地道に活動して人気を集めていたらしい。ファンの人数は彼らの努力の結果なのだと思うと、自分のことのように感動を覚える。

ステージのある方を見ながら歩いていると、数人の女の子たちと不自然に目が合った。彼女たちの目つきが怖くて、足早に通り過ぎようとした。けれどもすれ違いざまに「すみません、ちょっといいですか」と声を掛けられた。

するとぞろぞろと五人の女の子が私に近寄ってきた。全員私より年下に見える。

「何か……ご用でしょうか？」

「ちょっと話があるんで、来てもらえますか」

いつの間にか囲まれていた私は、走って逃げることもできず、通路の脇の人気のないスペースに連れていかれた。

壁に押しやられ、またしても逃げ出せないように囲まれる。名前も顔も知らない子たちだけれど、彼女たちに敵意を向けられる理由はなんとなく想像がついた。

「はっきり言うけど、あんた目障りなんだよね。マコトくんにつきまとわないでくれる？」

「スタッフの権力でマコトくんを誘惑してんだろ？　いい年して若い子に手を出すなんてサイテー」

「私とマコはそんなんじゃ……」

二十八年生きてきて、今までこんなふうに呼び出されたことも、因縁をつけられたこともなかった。対処法がわからず、年下相手なのに恐ろしくて身体が震えだす。

「〝マコ〟？　馴れ馴れしい呼び方しないでくれる？」

「でも、私たちは幼なじみで……」

「はぁ？　何言ってんの。公衆の面前で抱き合っておいて」

一人の子が私にスマホの画面を向ける。そこには、先週のイベントでマコが私に抱きついたときの写真が映っていた。

たしかに周りには大勢の人がいたけれど、まさか写真を撮られているなんて夢にも思わなかった。

「これは、その……彼のほうからで……」

「今度はマコトくんのせいにするんだ？　バッカじゃない。マコトくんがあんたみたいなおばさんを相手にするわけないじゃん。どうせ会社の権力でも使ったんでしょ？」

「そうだよ。かわいそうにマコトくん、おばさんの相手をする代わりにグループに入れてもらったんじゃないかって、噂になってるよ。どう見たってあんたとは、釣り合わないもん」

そんな噂が流れていることもショックだったけれど、それ以上に〝マコと釣り合わない〟と言われたことがつらい。

どうしてこんなにも傷つくのだろう。好きだとか可愛いとかマコに言われて、知らないうちに自惚《うぬぼ》れていたのかもしれない。

「マコトくんは実力で上にいける人なんだから、これ以上おばさんは余計なことしないで！」

とどめを刺すような一言だった。噂を信じ込んでいる人たちは、マコが実力でエクレアのメンバーに選ばれたとは思っていないのだ。うかつに私がイベントを観にいったせいで、マコの努力が霞《かす》んでしまった。このままだと色メガネで見られてしまう。

自分を悪く言われるよりも、そのことのほうが何倍も嫌だった。私は拳を強く握りしめて叫んだ。

「マコの本当のファンなら、彼がコネを使う人間だなんて思わないはず。小さい頃からずっと努力を積み重ねてきているのに、誤解するのはやめてください！」

自分の言葉に嘘がないことを証明するかのように、一人ひとりの目を真っすぐに見ながら話した。

彼女らは一瞬目を大きく見開いて驚いた様子を見せたけれど、すぐに嫌悪感むき出しの表情に戻った。

「あんたがマコトくんにつきまとうからだろ！　恋人気取りで誤解してるのは、あんたのほうでしょ‼」

マコの実力も、どんな人間かもわかってもらえなくて、涙が出そうになる。

その様子を見た女の子たちは余計に勢いを増して、次々に私に向かって暴言を吐く。気持ちが高ぶったのか、そのうちの一人が持っていた紙コップを私に投げつけた。

「熱っ……」

胸元からミルクティーの甘い香りが漂う。コートには大きな染みができていた。どうしてこんなことまでされないといけないのだろう。私は抵抗する気力も失い、彼女らの表情をうかがう余裕もなくその場に立ち尽くしていた。

一刻も早くこの場から立ち去りたい。誰でもいい、助けてほしい……。

そう思ったとき、「彩？」と私の名前を呼ぶ声が聞こえた。

「……彩、だよな？」

「敢太……」

敢太は私たちを不思議そうに見た後、状況を察したのかすぐに厳しい顔つきに変わり、彼女たちを睨みつけた。

「何があったのか知らないけれど、彼女を傷つけることは俺が許さない。大ごとにしたくないなら、とっととこの場から失せろ」

いつもより低い声には怒りが滲んでいて、どこか鬼気迫るものがあった。彼女たちもそれを感じたのか、逃げるように去っていった。

姿が見えなくなると、私は気が抜けてその場に座り込んでしまった。敢太はそんな私を包み込むように抱きしめた。

「大丈夫か？」

「うん、ありがとう。あ、染みが移っちゃうから……」

「いいよ。そんなこと気にすんな」

敢太の温もりに安堵の気持ちが押し寄せ、堪《こら》えていた涙が溢れ出す。

「どうして、ここにいるの？」

「クライアント先に寄った帰りだよ。駅まで近道だからいつもここを通るんだ。そしたら、なんか揉めてる声が聞こえて、なんの気なしに様子をうかがったらお前で……心臓が止まるかと思ったよ」

そう言って、敢太が私の背中に回した腕に力を込める。少し苦しかったけれど、心配してくれていることが伝わってくる。

「お前のほうの用事は済んだのか？　もう済んだんなら、今日は飲みに行くのはやめて、このまま家までタクシーで帰ろう」

「うん……」

彼女たちとまた顔を合わせるかもしれないと思うと、とてもマコのステージを観ていく勇気はなかった。

私は敢太に支えられるようにして立ち上がると、ふらつく足取りでイベント会場を後にした。彼女たちと年格好の似たグループを目にするだけで、恐怖心がよみがえり、身体は震えたままだった。

タクシーの中で、敢太はずっと私の手を握っていてくれた。それでも身体の震えは止まらなかった。その様子を見かねたのだろう。敢太が「落ち着くまで俺の家で休んでいくか？」と声をかけてくれた。

心細くて一人になりたくなかった私は、気がつくとうなずいていた。

タクシーを降りると、敢太に手を引かれて、久しぶりに彼のマンションに足を踏み入れた。当然のことながら、エントランスの様子も、広いエレベーターも何一つ変わっていない。四階で降りて、すぐの所が彼の部屋だ。

玄関のドアを開けると、敢太は先に私を通した。靴を脱いで部屋に上がったところで、突然後ろから抱きしめられた。

「敢太……」

「もういい加減、現実を見ろって」

「えっ？」

「あいつとの人生を夢見るのはやめろ。あいつが進もうとしてるのは、明らかに俺たちとは違う世界だぞ」

マコの話をしていることはわかる。でも、どうして突然、そんな話を始めたのか不思議だった。絡んできた女の子たちがマコのファンであることも、今日、あの場所でマコたちのステージがあることも、敢太には話していない。

そんな疑問を口にしようとしたとき、敢太が腕の力を緩めて、自分のほうに私の身体を向けさせた。

「あいつのそばにいたって傷つくだけだと思わないか？　これからもずっとああやってファンに妬まれ、ネットで中傷され、見世物みたいに生きていくのか？」

「どうしてそのことを……」

「それに、ああいう世界は華やかだけど、収入だって安定しないし、将来の保障もない。一生あいつを養うようなことになってもいいのか？」

　積もり積もった感情をぶつけるように、敢太は投げかけてくる。

「そもそも、年齢だって離れてるだろ。自分のほうが先に老いていくんだぞ。男っていうのは、若いときは年上に憧れることがあっても、いつかは若い女に走るもんなんだ。一生浮気に怯えなくちゃいけない暮らしに、彩は耐えられるのか？」

　敢太の言葉は辛らつだが、今まで私が目を背けていた現実を突きつけるものだった。

　マコと一夜を共にし、恋人のように一緒の時間を過ごしてみて、彼の前ならありのままの自分でいられることに気づいた。ダンスに取り組む姿は眩しくて、夢を追い続ける背中をずっと見ていたいと思った。そして何より、そんなかけがえのないダンスよりも、私のほうが大事だと言ってくれたことが嬉しかった。

　でも、結局、私はマコのいい面しか見ようとしていなかったのかもしれない。なぜなら、目の前にある現実に気づいてしまったら、夢から醒《さ》めてしまうことがわかっていたからだ。

敢太がもう一度私の身体を引き寄せて、耳元で囁く。

「彩……。俺ならお前と同じ世界で生きていける。生活は安定しているし、彩が望むならもっと高収入のところに転職したっていい。それに俺とだったら、同じ速度で年をとって、手を取り合って生きていけるよ」

心が大きく揺れる。敢太は私の肩を掴むと身体を少し離して、「俺の目を見て」と顔をのぞき込む。私がゆっくりと視線を合わせると、優しく微笑んで言った。

「お前は、俺にしとけよ。一回失敗したけど、次は幸せにするって誓うから」

こんなに甘くてしびれるような告白をされているのに、なぜか私はうなずくことができなかった。敢太ともう一度付き合って、結婚できたら普通の幸せを手に入れられる。きっと大切にしてくれるだろう。真剣な気持ちは十分すぎるほど伝わってくるのに、自分でもどうしてかわからなかった。

「敢太、すごく嬉しいんだけど、その……頭が混乱して……」

上手く返事ができないでいると、敢太は頭を優しく撫でてくれた。

「俺こそ、いきなり気持ちをぶつけてごめん。クリスマスまで待つって話だったのにな。しかも、玄関先で何やってんだか」

敢太は冗談めかしてそう言うと、私の手を引いて部屋の中に入っていった。明かりをつけると、黒の家具で統一された部屋の景色が視界に広がった。

「コート、汚れちゃったな。中まで染みこんでないか？」

「大丈夫だと思うけど、ちょっと確かめるね。敢太はスーツ、大丈夫？」

「俺は平気だよ」

私はコートを脱いで姿見で確認すると、特に変わったところはなくてホッとした。

「俺が染み抜きしておくから、彩はシャワー浴びてこいよ」

「シャ、シャワーって……」

突然の大胆発言に驚きを隠せない。非常事態だったとはいえ、やはり敢太の家に上がったのはまずかったかもしれない。

「何動揺してんだよ。そのままだとべたべたして気持ち悪いだろ」

「そうだよね。なんか、ごめん……」

敢太に下心はないようだ。邪推して勝手に慌てた自分が恥ずかしい。

「安心して。こんなときに手を出すような薄っぺらい男じゃないから」

「ありがとう……」

「だから、今日はこのまま泊まっていけよ」

「泊まる⁉」

「一人じゃ心細いだろ。誓って何もしない。まぁ、彩が望むなら、身体張らせてもらいますけど」

　その顔はどこか色っぽさを帯びていて、ますます落ち着かなくなる。

「望んでないし、それに明日も会社だから、家に帰らないと」

「まぁ、それはそうだな。同じ服で出社ってわけにもいかないだろうし。じゃあ、俺が彩の部屋に泊まるってのはどう？」

「えっ⁉」

「まあ、その件は後で相談することにして、とりあえずうちで休んでいけよ。あったかい飲み物でも淹れてくるから待っってて」

「何から何までありがとう」

　敢太はネクタイを緩めながらキッチンに入っていった。解放された首元が色っぽく見えて鼓動が速くなる。今日は敢太がやたらと大人っぽく見える。最近、年下のマコと一緒にいることが多いせいかもしれない。

　待っている間、何げなく部屋を見渡していると、以前より物が少なくなったような気がする。テーブルやソファも新調されていて、見覚えのあるものは少なかった。

「できたよ、ココア」

「ありがとう。ねえ、敢太の部屋ってこんなにスタイリッシュだったっけ？」

「ああ……じつはずいぶん買い替えたんだ」

「えっ、どうして？」

敢太は私の隣に腰を下ろすと、ばつが悪そうに「彩の思い出が残っていて、つらかったから」と呟いた。こんなにか細い声で話す敢太を目にするのは初めてだった。

「女々しいよな、俺。自分から終わらせたくせに、ホント情けないよ」

「そんなことないよ。逆に別れたことを悔やんでくれていたことがわかって、少し救われた気がする。三年も付き合っていたんだから、つらかったのはお互いさまだよ」

「そうだよなぁ。付き合う前から仲良かったから余計に、な。気を紛らわせようと思って、女友達と遊んだり、コンパに行ったりもしたけど逆効果だった。俺はやっぱ彩じゃなきゃダメだってわかったよ」

〝女友達〟という言葉に、ふと夏子のことが頭を過る。

「ねぇ、夏子は……恋愛対象として見たことないの？　私からしてみれば、二人のほうがなんでも話せる関係に見えるけど」

「もしかして、俺と小池がお似合いだって言ってんの？」

「いや、そういう意味じゃないけど……」

「お前には、冗談でもそういうふうに言ってほしくない」

いつもより強めの口調から、敢太が苛立《いらだ》っていることがわかった。

「ごめん、悪気はないの。ただ、この前、会議室で謝ってくれたとき、私を好きになったのは、〝心の中をさらけ出せるから〟って言ってくれたよね。だから、夏子とならって……」

「言いたいことはわかるよ。大人気なく苛立ってしまってごめん。でも、別にそれだけが好きになった理由じゃないから」

「そうなの？」

「もちろん。入社式のときから可愛いって思っていたよ。雰囲気とか仕草、声とか全部がツボだった」

付き合っていたときはストレートに褒められたことがなかったから、そんなふうに想ってくれていたなんて知らなかった。

「あ、ありがと……」

照れくさくて、ココアを味わう振りをして顔の火照りが引くのを待った。

「小池とはたしかに仲はいいけど、一度も女として見たことないな。あいつ、性格も見た目もボーイッシュだし、どちらかといえば男友達って感じだな」

「そうなんだ」

敢太は夏子のことを異性として見ていないらしい。それを聞いてホッとしたような、胸が痛いような、複雑な気分だった。

「ところで、そろそろお腹空かないか？　もういい時間だしな」

「そういえば、まだ何も食べてなかったね」

イベント会場でマコのファンに絡まれた出来事のショックが尾を引いていて、ご飯のことが頭から抜け落ちていた。意識すると、急にお腹が減ってくる。

「でも、外出するような気分じゃないだろ。何か作ろうか？　ああ、でも……食材がないかもな。ピザでも頼むか？」

「……じゃあ、助けてくれたお礼に、私の家に招待してもいいよ。材料もあるはずだから、私が作るよ。ただし、泊めるかどうかは別にして」

そう言いながら、別れてからの敢太の気持ちを知った私は、泊めてもいいかもしれないと気持ちが揺れていた。約束を守って、強引なことはしてこないと思ったからだ。

「いいのか？　それなら、早めに移動しよう。冷え込んでくるしな。ただ、飯は俺が作るよ。その間、彩は休んでろ」

「ありがとう」

「一応、泊まる用意をするから、少し待ってて」

敢太は笑顔でソファから立ち上がると、部屋の奥のクローゼットを開けて、持っていく衣類を選び始めた。

一人になった私は、バッグからスマホを取り出した。私が会場に来なくて、マコは心配していると思う。一言連絡を入れて、安心させてあげたいと思った。

ロックを外すと、予想を超える数の着信とメッセージが届いていた。履歴を確認しようと指を動かしかけたとき、奥で準備していたはずの敢太がスマホを取り上げた。

「俺と一緒にいるのに、あいつと連絡取ろうとしてんの？」

「ううん。ただ誰かから連絡来てるかなって思っただけで……」

私を見下ろす敢太の目が怖くて、とても本当のことを言えなかった。

「ま、なんでもいいけど。次に幼なじみくんのことを考えたら、容赦しないからな」

「わ、わかったから……スマホを返して」

「はい。じゃあ、準備もできたし、そろそろ行こうぜ」

「うん……」

どうしてだろう。敢太はマコが絡むと人が変わったかのように怖くなる。敢太にとってマコは恋敵で、邪魔な存在なのはわかるけれど、少し行きすぎな気がする。

私の中途半端な態度が、温厚な敢太をこんなふうにさせてしまっているのだろうか。

逆の立場だったら、私だって平常心でいられないかもしれない。

私のマンションに向かう間、指と指を絡め合わせるようにずっと手を繋がれていた。

でも、私の心は懐かしさ以上に切なさでいっぱいだった。私が想像している以上に、マコにも敢太にもつらい想いをさせているのかもしれないと思うと、何もかも放り出して逃げたい心境だった。ひと月後には、答えを出さなければならない。なのに、その自信はなかった。

マンションに続く一本道まで来ると、マンションの前をうろつく男性の姿が目に入った。キャップとメガネで変装していても、その男性がマコだということはすぐにわかった。

マコは私が駅方面から戻ってくると思っているのだろう。私たちとは反対方向に顔を向けては、スマホの画面を食い入るように見ている。心配してくれて、もう何時間も私からの連絡を待っているに違いない。申し訳なくて涙が出そうだった。

「敢太、あのお店でご飯食べていかない?」

とっさに私は視界に入ったタイ料理店を指差した。無事であることを知らせたいけれど、それ以上に敢太と一緒にいるところをマコに見られたくなかった。

「どれだけ時間を潰したって、あいつは待ってるよ」

敢太はとっくにマコに気づいていたようで、冷静にそう答えると、〝絶対にこの手を離さない〟とでもいうように繋いだ手に力を込めた。

一歩一歩近づくにつれ、嫌な緊張感が押し寄せる。マコの傷つく様子を見たくなくて、顔を上げていられなかった。だからといって、繋いだ手とともに敢太の想いを振り払う勇気もなかった。

「家まで押しかけるなんて、まるでストーカーだね」

距離が近づいたところで、背中を向けていたマコに、敢太がトゲのある言葉を放った。

「彩ちゃん！　無事だったんだ。よかったー」

マコは敢太のことなどどうでもいいとでもいうように、ホッとした表情を浮かべた。

その想いが何より嬉しかった。

「マコ、あの……連絡できなくてごめんね」

「いいよ、そんなの。ただ、会場にいなかったし、連絡もつかないからすごく心配したんだよ。何かあったのかなって……」

安堵の表情は、私の手元を見ると、たちまち悲しげな表情に塗り替えられた。当然のことだけれど、マコは私の身に何があったのか知らない。マコの目には、私が約束を破って敢太と会っていたように映っているはずだ。

川崎での出来事を話したら、どんな顔をするだろう。約束を破ったわけじゃないことを知って、安心してくれるだろうか。それとも、自分のファンが起こした行動に、もっと傷ついてしまうだろうか。

どう話すべきか迷っていると、先に敢太が口を開いた。

「何かあったのかなんて、よくそんなのん気なことを言ってられるね。まぁ、知ってたらここには来られないと思うけど」

敢太のマコへの口調は変わらず冷たい。

「どういう意味ですか？」

「教える義理はないよ。知りたかったらファンにでも確認してみたら？」

「え……」

ファンという言葉が出てきたのが意外だったようで、メガネ越しにでも驚いていることがわかる。

「彩ちゃん、もしかしてファンの子に何かされたの？」

「……今はまだ心の整理がついてなくて、上手く話せそうにないの」

「というわけだから、そろそろ帰ってもらえるかな。今日は君の代わりに俺が彼女のそばにいるから安心して」

敢太は一方的にそう宣言すると、私の手を引いてマコの隣を通り過ぎようとした。

「……この前とは、立場が逆っすね」

自嘲気味に笑うマコの顔は、明らかに傷ついていた。結ばれた唇は微かに震えていて、悲しげに揺れる瞳は潤んでいるように見えた。そんなマコの姿に、鼻の奥にツンとした痛みを感じた。

せめて優しい言葉でも掛けたかったけれど、敢太を刺激したくなかったし、万が一、またファンに見られていたらと思うと、目を伏せることしかできなかった。

敢太に手を引かれるまま、無言でマコの横を通り過ぎる。マンションの中に入ろうとすると、背中越しに「彩ちゃん」とマコの呼ぶ声が聞こえた。

泣きそうになりながら振り向くと、マコは笑顔を私に向けていた。でも、その笑顔は感情を押し殺して、無理やり作ったものであることは明らかだった。

「彩ちゃん、おやすみ」

それだけ言い残すと、マコは駅方面へと歩いていった。

「マコ！」

寂しげな背中を見た瞬間、叫ぶようにマコの名を呼んでいた。

けれども、マコが振り返ることはなかった。私は小さくなっていく背中を最後まで見送ることも許されず、敢太に引っ張られるようにしてマンションの中に入った。エレベーターに乗っている間、お互い一言も発しなかった。

無言のまま玄関のドアを開け、靴を脱いで部屋に入ったときだった。突然、敢太は乱暴に私の腕を掴んでベッドに押し倒すと、そのまま覆いかぶさって、抵抗できないように私の両手を押さえつけた。カーテンの隙間から射し込む月光が、敢太の余裕のない表情を照らしている。

「いきなり、なんな……」

抵抗する間もなく、乱暴に唇を奪われる。居酒屋のときとは異なる、力任せにすべてを吸い尽くすようなキスだった。呼吸もままならず、次第にのぼせるような感覚に陥る。

「……何もしないって言ったじゃない」

唇が解放されると、朦朧《もうろう》とする意識の中で、声を振り絞る。けれども、敢太に動じる気配はなかった。

「彩が約束を守らないからだろ」

「約束？」

私が尋ねる間も、敢太は私の首筋に唇を這わせ、強く吸いつくようなキスをする。

「言っただろ？　次にあいつのことを考えたら容赦しないって」

「それは聞いたけど、本人を目の前にして考えないなんてほうが無理だよ」

「でも、あいつが背中を向けた後も、ずっと考えてたよな？」

「そんなすぐに切り替えられるほど、器用じゃない」

「それなら無理やりでも、俺だけに集中してもらわないとな」

敢太は私の両手を片手で拘束すると、もう片方の手を服の中に入れた。肌着越しに感じる彼の体温は、冷えた肌を火傷させるほどに熱い。

乱暴な手の動きはまるで服従を強いているようで、今まで感じたことのない恐怖心で身体が硬直する。

「敢太、怖いよ……。こんなことしないで」

「もう、俺といるときは、ほかの男のことを考えないって誓えるなら、これ以上しない」

「ち、誓うから……もうやめて」

懇願するように約束すると、敢太は小さく「わかった」と呟いて私の上から降りた。

身体を起こしたものの、ショックが大きすぎて動く気になれず、ベッドに座り込んだまま、ただ痛む手首をさすっていた。

付き合っていた頃、敢太に乱暴に扱われたことなど一度もなかった。どちらかといえば紳士的で、いつも優しく触れてくれていた。それなのにどうしてだろう。怖くて、まともに敢太の顔を見ることもできない。

しばらくすると、敢太は立ち上がって部屋の明かりをつけた。そして、床の上に正座して、つむじが見えるほど頭を下げた。

「ついカッとなって、乱暴なことしてごめん」

「……すごく怖かったよ」

「本当に悪かった。あいつのことになると、頭に血が上ってしまって」

どうしてマコのことだと、こんなにムキになるのだろう。いくらなんでも、常軌を逸している。でも、そのことを尋ねたらまた豹変しそうで、何も口にできない。

重苦しい沈黙が流れた後、敢太は意外にも自らその理由を話し始めた。

「付き合っているわけじゃないんだし、ほかの男と連絡取ったり、遊びに行ったりするのは構わない。でも、奴だけはどうしても嫌なんだ。どうしてだかわかるか?」

私は首を横に振った。

「絶対にお前を幸せにはできないからだよ」敢太が身を乗り出し、私の手を取る。

「俺は彩に幸せになってほしいんだ」

「その気持ちは嬉しいけど、だったら、なおさらこんなことはもうやめてよ」

「ごめん、二度としないって約束する。だから……今日はこのまま一緒にいてもいいかな?」

さっきまでの強引な態度が嘘のように、自信のなさそうな瞳で私を見つめる。感情の起伏が激しいのは、想いの強さの裏返しだと信じたかった。

もう一度敢太に「一緒にいてもいいか?」と尋ねられ、私は小さくうなずいた。ようやく、敢太は笑顔を見せた。

「じゃあ、先に風呂に入ってきて。その間にご飯作っとくから」

「ありがとう。冷蔵庫にあるものは自由に使ってくれていいよ」

お風呂場に行き、洗面台の鏡をのぞくと、首元にいくつか真っ赤な痕があった。こんな目立つ場所にキスマークが残ってしまい、当分、首元の隠れる服で生活しなければならなそうだ。着回せるほど持ち合わせていないので、週末に服を調達しに行こうと思う。

湯船に浸かりながら、ふと自分がずいぶんのんき気でいることに気がつく。敢太にあんな危険な目に遭わされたのに、考えていることは服を買いに行くことだ。ショックから立ち直ったつもりだけれど、まだ心の中では混乱しているのかもしれない。

急にマコに謝りたい衝動にかられる。この寒い中、私を心配して、いつからマンションの前で待っていてくれたのだろう。それなのに事情も説明できず、ありがとうの一言すら伝えられなかった。

マコの無事をいますぐ確かめたいけれど、敢太がいる前で連絡を取るわけにいかない。明日、出社して敢太から解放されたら、真っ先に連絡を入れよう。

立ち昇る湯気をぼんやりと眺めながら、そんなことを考えていた。

4

翌日、敢太と一緒に出社した私は、席に着くとすぐにスマホを確認した。

おびただしい数の着信とメッセージの履歴には、マコだけでなく、社長や黒木さんの名前もあった。こんなに心配してもらっていたなんて想像もしていなくて、すぐに連絡を入れなかったことを悔やんでしまう。あれからマコが社長たちに、私の無事を連絡してくれていることを祈るしかない。

取り急ぎ、社長と黒木さんには『事情があって、帰ることになってしまい、申し訳ありませんでした』とメッセージを送った。

するとすぐに社長から、『昨日ファンの子と何かあったと聞いて、なんてお詫びをしたらいいのか、ずっと考えていました。本件については調査するとともに、今後の対策を検討いたします』という返事が送られてきた。

普段の社長のキャラクターからは想像できない堅い言い回しに、それだけ今回のことを重く受け止めているのだと感じた。

追って黒木さんからも同じように謝罪のメッセージが届いた私は申し訳ない気持ちでいっぱいだった。

たしかに昨日はショックを受けたけれど、ここまで謝られるようなことではない。黒木さんからは忠告もされていたのだから、少なく見積もっても半分は自分の責任だ。近いうちに二人には直接会って謝っておきたいと思う。

そして何よりもまず、マコとちゃんと話さなくてはいけない。昨日は事情も説明せずに帰してしまって、余計に心配させてしまったと思う。今すぐ誤解を解きたかったけれど、文章で説明するには複雑すぎる。悩んだ挙句、『昨日はありがとう。心配かけてごめんね。事情を話したいから、夜、手が空いたら電話して。こっちからもするね』とメッセージを送った。

私たちが周囲からどんなふうに見られているのかを知ってもらって、これからどうしていけばいいのか、きちんと話し合いたい。ただ、しばらく二人で会うことやイベントを観に行けなくなるかもしれないと思うと、無性に寂しかった。子供のときから、会いたいときにすぐに会えていたせいもあるのだろう。

「はぁ……」

「どうしたの種村さん、ため息なんてついて珍しい」

「あっ、違います、ため息じゃなくて深呼吸です」

無意識にため息をついたところを佐々木課長に見られてしまい、慌てて否定した。

スマホをしまってパソコンを開くと、敢太から社内チャットが届いていた。

『どう？　仕事に集中できそう？　無理するなよ。こっちは彩の部屋の居心地が良すぎて、今すぐ引き返したいくらいだよ』

『大丈夫。ありがとう。でも、人事にズル休み願望を打ち明けちゃダメでしょ』

『以後、気をつけます。でも今度、有休でも取って遊びに行かないか？　十二月、都合が合えばどうかな』

『休めるか、予定を見てみるよ』

有休を取るということは、平日に休みを取るということだ。敢太からこんな提案をされるのは初めてだった。どんな気持ちでいるのか、気になってしまう。

昨夜の謝罪のつもりなのか、それとも純粋にゆっくりデートを楽しみたいのか。あるいは絡まれた件を気遣って、気分転換に誘ってくれているのか。案外、仕事が大変で、敢太自身が避難したいと思っている可能性も考えられる。

いずれにしても、私もここのところ忙しかったし、二人とも息抜きが必要なのかもしれない。私は予定を確認して返事を送った。

『このあたりなら休めそうだけど、敢太はどう?』

『俺はいつでも大丈夫。じゃあ、一番早い日にしよう。デートプランは俺に任せて。絶対楽しい一日にするから』

〝デート〟という言葉に、マコの顔が頭に浮かんできて胸が痛くなる。マコからはまだ自分と付き合っているわけじゃないから、ほかの人と遊んでいいと言われているけれど、どうしても罪悪感を持ってしまう。

でも、思えば、敢太からも同じようなことは言われている。それなのにマコとデートの約束をしたときは、敢太に悪いとは思わなかった。

元カレだから?　敢太を好きではない?　それともマコを異性として見てない?

クリスマスは近づいている。そろそろ、自分の気持ちを見極めなければいけない。

その日の夜、帰宅してコンビニ弁当を温めていると、テーブルに置いてあったスマホの着信ランプが光っていることに気がついた。画面を見るとマコからだった。

「もしもし、マコ？」

「彩ちゃん、今話しても大丈夫？」

「うん」

そう返事をしたところで、電子レンジのお知らせ音が鳴った。電話の向こうから微かに笑い声が聞こえる。

「大丈夫じゃないじゃん。今からご飯なんでしょ？」

「気にしないで。温め直せばいいだけだから。マコはご飯食べた？」

「まだ。なんだか食欲なくって……」

「……昨日はごめんね。今朝ＬＩＮＥ送っても返事がなかったから、心配してたよ」

食欲をなくさせている原因は、間違いなく私だ。ファンに絡まれた一件はともかく、敢太と手を繋いでいるところを見られてしまった。あのとき、マコが見せた悲しげな瞳が忘れられない。

「こっちこそ、ごめん。今日さ、社長や黒木さん、あとメンバーにも協力してもらって、昨日のことずっと調べてたんだ。ファンの子が彩ちゃんに何をしたのかって。絡まれたんでしょ？　で、なんであの元カレが居合わせたのか知らないけど、助けてもらった。そういうことだよね？」

「うん、そう」

「ネットで出回ってる噂も全部見たよ。黒木さんの言うとおりにもっと行動に注意していれば、こんなことにはならなかった。ファンのいる前で彩ちゃんに抱きつくなんて、本当にバカなことをしたと思う。ごめんね」

「いいよ、そんなこと。後悔しても過去は変えられないし、これからちゃんと気をつけていけばいいだけだよ」

「でも……俺のせいで彩ちゃんを怖い目に遭わせた。あいつがいなければ、もっとひどいことになっていたかもしれないと思うと、想像するだけで怖いよ」

「ううん。昨日はさすがに動揺してたけど、落ち着いて考えたらそんなたいしたことされてないよ。今度イベントに行くときは変装するか、遠くから観れば大丈夫だから」

少しでも元気を出してほしくてポジティブに話し続けたけど、マコの声は暗いままだった。このままだと、聞きたくない言葉がマコの口から飛び出しそうで心配だった。

それが一番だとわかってはいる。……でも、マコの夢を追う姿を見守っていたかった。

「彩ちゃん、俺、けじめをつけようと思う」

「……けじめって、どういうこと？」

「ちゃんと解決策が見つかるまで、彩ちゃんに会いに行かないし、連絡もしない」

想像以上の返答に、私の頭の中は、時間が止まったのかと思うくらい真っ白になる。

「え、えっと……せめて連絡くらいは取り合ってもいいんじゃない？」

「いや、ここは男としてけじめをつけさせて。そのほうが彩ちゃんに甘えずに、本気で解決策を考えられると思うから。ずっとってわけじゃない。必ずまた連絡する」

その言葉からマコの決意の強さを思い知らされる。

「でも、そうなったらクリスマスまでの約束はどうなるの？」

「それはちゃんと守る。しばらくほかの男に遅れをとることになるけど、俺、大逆転できるように頑張るから」

「ええ、何それ⁉」

何をどう逆転するのかよくわからないけど、マコの声が初めより明るくなっていることに気づいてホッとする。しばらく会えないのは寂しいけれど、マコの決意を見守ってあげるのが年上の役目なのかもしれない。

「信じて」

「わかった。……じゃあ、連絡待ってるから」

「いろいろと振り回しちゃってごめんね。俺、もっと大人になるから。あと、これだけは忘れないで。俺にとって一番大切なのは、いつでも彩ちゃんだから」

「ありがとう」

電話を切ると、倒れ込むようにベッドに横たわった。さっきまで空腹だったのに、食欲は失せた。着替えて、メイクも落とさないといけないのに何もする気になれない。

どうして急に無気力になってしまったのか、自分でもよくわからなかった。ただ、しばらくマコに連絡できないという状況がまだ信じられないでいた。

敢太の〝あいつが進もうとしてるのは、明らかに俺たちと違う世界だぞ〟という言葉を思い出す。華やかな世界に足を踏み入れただけで、今まで普通にできたことができなくなってしまう。敢太の言いたかったことはそういうことだったのだと思う。

マコは解決策を考えると言っていたけれど、これ以上、足を引っ張る前に終わらせたほうがマコのためなのかもしれない。そして、これからの人生を敢太と歩む――。

そうは思っても、それが本当に自分の望んでいることなのだろうか。

「誰かに相談したいなぁ……」

そう独り言をこぼしつつも、もう相談相手は決めていた。


日曜日、私は一駅隣の大井町《おおいまち》駅にいた。大井町に住むさつきに会うためだ。合流すると駅ビルのカフェに入った。

「突然誘っちゃって大丈夫だった？」

「へーき、へーき。彼氏と遊ぼうかなって思ってたのは確かだけど、約束してたわけじゃないし、友達のほうが大事だから。それより、私だけ誘ったってことは例の話？」

　さつきの頭の回転の速さに改めて感心してしまう。頭だけでなく、女子力も完璧だ。私服は仕事のときよりも華やかで、目を引くゴールドのロングピアスとお揃いのネックレスを身に着け、それにまた似合うネイルまでしている。文字どおり、頭の先から爪の先まで気を配っているのが見て取れる。

「……どうしたの？　じっと見ちゃって」

「あ、ごめん。さつきが綺麗だからつい見惚れちゃったよ」

「えー、お世辞でもうれしいー。あたし、女子に嫌われるタイプだからさ」

「嘘でしょ？　こんなに友達思いで優しいのに」

　フォローではなく、本心なのだけれど、さつきのことを苦手とする女子の気持ちもわからないではなかった。なぜなら私自身、最初さつきに話しかけるのには抵抗があったからだ。自分よりも綺麗で華やかな彼女の隣に立つと、自分の地味さが目立ってしまうような気がしたからだ。

「話がそれちゃったけど、何かあたしに相談したかったんだよね？」

「うん、お察しのとおり、マコと敢太の話を聞いてほしくて」

「うん。なんでも聞くよ」

　運ばれてきたワンプレートランチを食べながら、私はマコのファンとの間に起きたことと、敢太に助けてもらったことを話した。

「そっか、彩ちゃん、すごく怖い体験をしたんだね。でも、不幸中の幸いっていうか、もっとひどい目に遭わなくてよかったよ」

さつきは今にも泣きそうな顔をしている。まるで自分のことのように心配してくれて、それだけで心が軽くなる。

「ありがとう。でも、本当にびっくりしたよ。まさかあんなにファンがいるなんて。マコが駆け出しの芸能人みたいになってたことも驚いたし」

「えー、そこ驚くとこ？　マコくんに一度会っただけのあたしでさえ、彼がグループ組むこと知ってたし」

「えっ、どうやって知ったの？」

「どうやってって……ほら、渋谷で女子会開いたときにマコくんのこと相談されたでしょ？　あれからネットとかで少し調べたし、今ではマコくんの公式アカ、フォローしてるからさー」

さつきはテーブルに置いてあったスマホを操作して、マコのプロフィール画面を見せた。アカウント名は〝マコト@eclair〟となっている。アイコン写真はアイドルスマイルのマコが映っていて、まるで知らない人のようだった。

「フォロワー数も軽く一万超えててスゴイよねー」

「フォロワーって、マコのページをブックマークしている、みたいな感じ？」

「彩ちゃん、それIT業界に身を置いてる人とは思えない発言だよ」

「それは言わないで。こういうのは苦手でやったことないの」

呆れた表情のさつきを見て見ぬふりして、マコのコメントを一つひとつ読んでいく。日常の呟きから、雑誌撮影の報告、イベントの告知など、さまざまな情報を発信している。ファンの子たちはもちろん、どうして敢太までマコのことをあんなに知っているのか疑問だったけれど、謎が一つ解けた気がした。

「それで、彩ちゃんは具体的に何を悩んでいるの？　敢太くんとマコくんのどちらを選ぶかで迷ってる？」

「うーん、一言でいえば、そうなのかも。そろそろ結論を出さないといけないと思うんだけど、自分の気持ちがよくわからなくて……。それ以上に二人を振り回しているみたいなのが嫌なのかな。普通に考えれば、さっさと敢太を選ぶべきなんだろうけど」

「〝普通〟ってなんなのかよくわからないなぁ。……ねえ、今からあたしの考えを話させてもらっていーい？」

「もちろん。むしろ私のことなのに考えてもらっちゃって、ごめんね」

さつきは「こういうの好きだから気にしないで」と笑うと、一拍置いてから話し始めた。

「これは他人《ひと》の受け売りなんだけど、恋愛だけはわがままでいいと思うの。誰かを振り回すことになっても、自分の幸せを掴むことのほうが大事だよ。だから、むしろもっとたくさんの男性とデートしたっていいくらいなんだから」

「そういうものなのかな……」

「そういうもん！　だから二人に罪悪感なんて覚えなくていいよ。あとね、敢太くんはマコくんは住む世界が違うとかどーとか言ってたらしいけど、あたしに言わせれば敢太くんだって違う世界の住人だからね」

「えっ？　どういうこと？」

「それは……あ、やっとケーキがきた！」

話の途中で、食後のスイーツとドリンクがやってきた。さつきは目を輝かせて、目の前のショートケーキを眺めている。

「食べながら話してもいい？」

「もちろん」

彼女はケーキを大きめに切り分け、口いっぱいに頬張った。

「やば、最高に美味しい！　……それで、話の続きだけどね、言ってみれば家族以外はみんな違う世界に生きてると思うの。生活習慣や価値観って、育ってきた環境で変わるじゃない？　見方を変えれば、幼なじみの彩ちゃんとマコくんのほうがよっぽど同じ世界で生きてるのかもよ」

「なるほど。たしかに一理あると思う」

「でしょー？　あと、敢太くんと彩ちゃんは全然性格も違うしさー。敢太くんは友達を広く浅く作るタイプ。彩ちゃんはどちらかといえば狭く深く作るタイプだもん。社交的な敢太くんが見てる景色は、彩ちゃんが見ているものとは違うと思うよ」

　すごい！　と素直に思った。さつきは私なんかと違って、驚くほど広い視野で物事を見ている。同じ年なのに、なんでこんなにも違うのだろうか。

「言われてみれば、付き合っていたとき、どうして私より友達とばかり遊ぶのかなって思ってた」

「そういうちょっとした価値観の違いが、別れに繋がったのかもしれないよねー。ちなみに、いま敢太くんのことはどう思ってるの？」

「私とヨリを戻したいって思ってくれているのは嬉しいよ。二人でいるとちょっと緊張するんだけど、私の好みを知っていたりするから、その点は面倒がないよね。カッコいいし、頼れるし、優しいし、私にはもったいないくらいの人だと思う。ただ……ときどきちょっと怖さを感じるんだよね」

「敢太くんは全部揃っている人だよねぇ。みんなが好きになっちゃうのもわかる。でも、その〝怖い〟って感じる部分をうやむやにしないほうがいいと思うなぁ」

　さつきに自分の気持ちを話すにつれ、想いが整理されていく気がする。

今、さつきに敢太のことを聞かれたとき、〝好き〟という言葉は使えなかった。敢太のことは元カレとして意識はしているけれど、恋愛感情とはまた違うのかもしれない。

「敢太くんの株を下げるわけじゃないけどー、彼と付き合っていたときの彩ちゃん、あんまり幸せそうじゃなかったんだよね」

「何、いきなり。そんなこと初めて聞いたよ」

「ずっと思ってたけど、言わなかっただけ。……あーケーキ、美味しかった」

ずっと話していたのに、あっという間にお皿は空っぽになっていた。さつきはどこか物足りなさそうにしている。

「もう一個追加で頼んだら？」

「えー、そんな誘惑しないでよー。でも、一応メニュー見ちゃおっかな」

ただメニューを見ているだけなのに、嬉しそうにしている姿がとても可愛く見える。ときどき話が飛んでしまうところさえ、楽しく思えてしまう。

「それで、さっきの話だけど、私ってそんなに幸せそうじゃなかった？」

改めてそう尋ねると、さつきはメニューから顔を上げ、どこか気まずそうに笑った。

「昔、よく相談受けてたけどさー、いつも我慢してる感じだったよ。なんていうか、亭主関白な旦那さまに三歩下がってついていく、みたいな」

「さつきの言うとおり、敢太の意見に合わせているところはあったよ。でも、それは嫌われたくないって思っていた私のせいだから」

「二人のことは二人にしかわからないけど、本当にそれだけだったのかなー。ほら、たとえば、彩ちゃんが勇気を出して〝ディズニー行きたい〟って提案したことあったじゃん。あのとき、すぐ却下されて、すごく悲しんでたよね」

「よく覚えてるね……。私ですら、今、言われるまで忘れてたよ」

ディズニーランドでのデートがずっと夢だったけれど、敢太が行列嫌いなことを知ってたからなかなか言い出せなかった。夏子とさつきがそんな私の背中を押してくれて、意を決して誘ってみたら、〝俺が行列嫌いなの知ってるだろ〟の一言で片づけられた。

あのときはすごく落ち込んだし、今、思い出してもいまだに痛みを感じる。

「ごめん。嫌なこと思い出させちゃった？」

「ううん、大丈夫。こういうことを思い出すのが大事だって、言いたいんでしょ」

「そう。不思議なことにさ、恋の思い出ってどんどん美化されていくからね。輝いていたところだけを記憶に留めておきたいっていう本能なのかなー」

「さつきほど恋愛経験は多くないけど、なんとなくわかる気がする」

「別に多くないよ。男友達が多いってだけだから。まぁ、敢太くんの話はこのくらいにして、マコくんのことはどう思ってるの？」

さつきにそう尋ねられ、頭の中でマコと過ごした時間に思いを巡らせてみる。

「マコの前ではありのままの自分でいられて、一緒にいるとすごく楽。大切な存在であるのは今も昔も変わらないけど、これが恋なのか家族愛なのかは正直わからない。ただ、最近はマコのストレートな愛情表現にドキドキするし、大切に想ってくれていることも理解している。それと、夢に向かっていく姿が最高にカッコよくて、その姿をずっと見守っていたいと思う。でも、私にはその資格はないかもしれないなって……」

「私も動画サイトでマコくんのダンス見たよー。すっごくカッコよかった。私はマコくんと彩ちゃんだったら幸せになれると思ってるけど……、一筋縄ではいかなそうだね」

さつきは話しながらスマホを手に取り、検索ツールに何か入力している。

「何を調べてるの？」

「ここはちゃんと、ネットに流れる二人の噂を見ておかなくちゃと思って」

「ええ、怖いよ！　心の準備できてないもん」

「大丈夫、彩ちゃんには見せないから。……うーん、やっぱりファンが話していたような噂は書かれているし、二人の写真も載っちゃってるね。でも、プロダクションのスタッフってことになってるから、彩ちゃんの会社まではバレなさそう」

さつきは私を傷つけないように、微妙にフォローを入れてくれているようだけど、ただの一般人の私が、インターネットであることないこと書かれて、そのうえ写真まで掲載される精神的圧力は体験しないとわからないものだった。

「わ、私も変装したほうがいいと思う？」

「まさか。まだエクレアは知名度低いし大丈夫でしょ。でも、マコくんの言うとおり、しばらく二人で会うのは危険かもね。みんな関心を持ち始めているところだから、ビジネス的にもね。もし彼と付き合うなら、職業を変えてもらうのが一番だろうけど、そうはいかないよね」

「それは嫌だよ。マコはダンスより私が大事って言ってくれたけど、ダンスだけはやめてほしくないんだ」

これは、今、私の中で唯一はっきりしている想いだった。

こう考えているのはきっと私だけではないと思う。楽しそうに踊るマコを見守ってきた、両親や友達も同じ気持ちだろう。

「だから、もし私のせいでマコがダンスをやめることになったら、一生自分を恨むと思う」

「そっかぁ。そこまでマコくんのこと大切に思ってるんだね。友達としてはやっぱ彩ちゃんのことが心配だから、このまま幼なじみの関係のほうがいいかなとは思う。素敵な男性はほかにもいっぱいいるしさ。でも、決めるのは彩ちゃん自身だから」

「さつき、ありがとう。話したらすっきりしたよ。私にない視点で話してくれて助かった。さすが恋愛の師匠だね」

「それ、よく言われるんだけど、全然師匠じゃないからね。年上の人と交流する機会が多くて、いろいろと教えてもらってるだけだよ。あっ、ドリンクも飲み切っちゃったし、そろそろ出ようか。せっかくだから一緒に買い物しない？」

「賛成！　私、タートルネックの服が欲しいんだ」

「そういえば、金曜も今日も、タートルネックだよね。もしかして、何か隠してる？」

にやにやしながら首元を見られ、とっさにキスマークのある位置を手で隠した。これではまるで白状しているようなものだった。

「どっちにつけられたのか興味はあるとこだけど、ここは目をつぶろっと」

「優しさに感謝します……」

カフェを出てからは雑談をしながらショップを巡った。店内は冬物一色で、一足早くクリスマスの飾りつけもされている。

もう十二月はすぐそこまで来ていると、改めて感じた。

第四章　今宵はあなたと

1

十二月に入ると、人事考課関連の業務に追われ、毎日残業になるほど忙しくなった。ホームページのリニューアルのほうは、敢太のほか、四名のインタビューをまとめ終え、私の手を離れることになった。作成されたパイロット版は上層部からの評判もよく、年明けには公開になると聞いている。

仕事が忙しいおかげで、プライベートのことを考える余裕がなくなり、マコから連絡が来ない生活にも慣れつつあった。さつきから教えてもらったマコのアカウントをチェックすれば、エクレアの最新情報を知ることができる。たとえ会えなくても、日々アップされる記事で、マコが頑張っている様子を見るだけで心は満たされた。

幼なじみからただのファンへ降格したようで寂しいけれど、このくらいの距離感がいいのかもしれない。もしこのままマコから連絡がなくても、いい気すらしていた。

敢太との約束を明日に迎えた木曜日、私は来週行われる社員研修の準備をしていた。

今回は若手を対象にしたモチベーションアップ研修で、必要な機材や道具が多く、倉庫からいろいろ運び出さなければならなかった。普段倉庫に入る機会のない私は、どこに何があるかわからないため、総務の夏子に手伝ってもらうことにした。

「ごめんね、忙しいのに」

「大丈夫だよ。二人でやったほうが早く終わるし、荷物も一度に持っていけるじゃん」

倉庫には文房具のストックやコピー用紙、マイクセットから忘年会に使うグッズまでいろいろ置いてある。少々埃《ほこり》っぽいけれど、綺麗に整頓されていて、総務の管理が行き届いていることがわかる。

私たちはリストを見ながら、手際よく必要なものを荷台に置いていく。

「あと、模造紙でいいんだっけ？」

「うん。たくさん使うみたいだからあるだけ持っていっていい？」

「いいよ。また発注しとくから」

夏子とは相変わらず、毎日ランチを一緒に食べているけれど、あの日以来二人きりになることはほとんどなかった。

というより、できるだけそうなることを避けていたと言ったほうが正しいかもしれない。とっくに夏子への怒りは消えていたけれど、彼女が敢太のことを好きかもしれないと思うと、気まずかったからだ。

「こんなもんかな。夏子、手伝ってくれてありがとう。そろそろ戻ろうか」

「うん……。ねぇ、彩。少しここで話していかない？」

「本当に少ししか話せないけど、いい？　みんな機材が届くの待ってると思うから」

「うん、それでいい。逆にごめんね。今日じゃなきゃダメな話だから」

「今日じゃなきゃって？」

「明日、甲本と遊びにいくんでしょ？　だからその前に……」

いまだに敢太と夏子の間で話が筒抜けになっていることを知って、言いようのない憤りを感じた。しかし、夏子の切なそうな顔を見たら、そんな怒りはすぐ吹き飛んだ。夏子はやっぱり敢太を好きなのだ。

「自分の気持ちに気づいたのは、本当に最近なんだけどね。甲本とエレベーターで一緒になったとき、〝この前、彩に小池は恋愛対象じゃないのかって聞かれたよ。あり得ないよな〟って笑いながら言われた。私はまったく笑えなくてさ。むしろ泣きそうだった」

「ごめん、あれはふと思ったことを口にしちゃっただけで……」

まさかあのときの質問が夏子の耳に入って、それで傷つけることになるなんて思いもしなかった。自分のうかつさに呆れてしまう。

「彩が謝ることじゃないよ。甲本の言葉には傷ついたけど、自分の気持ちに気づけてよかったと思う。恋愛対象として見てもらえないつらさもよくわかった。ずっとマコくんはこんな想いを抱えていたんだね」

「……」

「でも、話したかったのは、そんなことじゃないの。私さ、もし彩が甲本を選ばなかったら、この恋を頑張ろうと思ってる。でも、二人がクリスマスまでに付き合うことになったら、友達として心から祝福する。だから、遠慮しないで。話はそれだけ」

そう言い切った夏子の表情には、一点の曇りもなかった。きっと、いろいろ考えて、悩んで、この答えにたどり着いたのだろう。

「彩、あれから私と二人きりになるの避けてたでしょ？　私の気持ちを考えて、気まずかったんだと思う。でも、大丈夫だから。甲本のためにも真剣に考えてあげて」

「そうだね……。しっかり考えて答えを出すよ。この前、さつきに言われたんだ。〝恋愛はわがままでいい〟って。頑張ってわがままになってみる」

「へぇー。さつきらしいね。ちょっと悔しいけど、やっぱ恋愛の師匠だわ」

夏子と顔を見合わせて笑いながら、倉庫を後にした。

2

翌日、待ち合わせ場所である大森駅東口に向かうと、すでに敢太が私服姿で待っていた。時刻は朝の七時。空は青く、空気は澄み切っていて、いい一日になりそうな予感がした。

「おはよう。待たせたかな?」

「いや、俺も今来たとこ。それより、ちゃんと暖かい格好と履き慣れた靴で来たか?」

「うん、言われたとおりにしたけど、どこに行くの? まさか山登りじゃないよね」

「それはないけど、絶対楽しい所だよ。じゃ、さっそく行こうか」

結局目的地を知らされないまま、電車に乗ることになった。敢太の後について東京駅でいったん下車し、京葉線《けいよう》に乗り換える。敢太は「お客さんにメールだけ入れておくから」と言って、スマホと見合ったままだ。

デートと言っていたので、もっとおしゃれをして街に出て、映画を観たり、美術館を巡ったり、ショッピングを楽しんだりするのかと思っていたけれど、どうやら違うようだ。朝早くに出発して、京葉線に乗車したということは、房総《ぼうそう》辺りまで遠出するつもりなのだろうか。

そんなことを考えながら、電車に揺られていると、ディズニーリゾートのある舞浜駅《まいはま》が近づいてきた。違うとわかっていても淡い期待を抱いてしまう。

早朝からの待ち合わせ、暖かい服装、履きなれた靴を指定してきたのは、この場所に行くことを決めていたから……なんてことはきっとないだろう。付き合っているときに、一刀両断で断られた苦い記憶がよみがえる。

自分に言い聞かせるように期待を胸に閉じ込め、舞浜駅を通り過ぎるのを覚悟していると、電車が停まるのと同時に、敢太が「着いたよ。降りるぞ」と言って私の手を引いた。

「ここで降りるの？　冗談でしょ？」

「本気だよ。……昔、連れて行ってやれなかったからさ」

敢太は私が前に行きたいって言ったことを覚えていてくれたのだろうか。それとも、今回のことも夏子に相談して、アドバイスを受けたのだろうか。

どちらにしても、こうやって歩み寄ろうとしてくれることが嬉しかった。私も敢太に歩み寄っていけば、昔とは違う関係を築けるのかもしれない。

「でも俺、じつはここに来るのは子供のとき以来で、システムがよくわからないんだ。入場券は買っといたけど」

「ありがとう。これが事前にあるかないかで、だいぶ違うよ。あっ、パスポート代はいくらだった？」

「いや、いいよ。俺からの少し早いクリスマスプレゼントってことで」

「いいの？　ありがとう。じゃあ、後で何かお礼させてもらうね。まずは並ぼうか」

まだ開園前らしく、平日にもかかわらず、入場ゲートには結構な行列ができていた。

敢太は大の行列嫌いだけれど、苛々していないだろうか……。心配になって盗み見すると、特に普段と変わった様子はなくて安心する。

「なんだかワクワクするな」

「それならよかった。無理して私に合わせてくれているんじゃないかって、ちょっと心配だったから」

「ごめん。前誘ってくれたとき、断り方がキツかったよな。たしかに行列は嫌いだけど、こういう楽しい場所は好きだよ。あのときは、仕事が上手くいかなくてイライラしていて、八つ当たりしていたのかもしれない」

「ううん。私こそ、ごめん。そういうこと、気づいてあげられなくて」

「昔のことは後悔することばかりだけど、俺は次に活かしたいと思う。もう一度チャンスをくれたら、そのときは絶対に幸せにするよ」

「敢太……」

「まぁ、今日は難しいことは考えずに、〝夢のような場所〟を楽しもうぜ」

話していているうちに開園時間になり、私たちはゲートを通過した。まるで絵本の中に迷い込んでしまったかのようなメルヘンチックな景色に出迎えられて、年甲斐《としがい》もなく駆け出しそうになる。


「クリスマス用の飾りつけだね。可愛い！」

「そうだな、テンション上がるよ。まずはどこ行く？」

「とりあえずジェットコースター系を狙いたいな」

「いきなりハードだな」

「先に予約券みたいなのを取っておくと、指定時間に行けば並ばなくて済むんだよ」

「へぇ、そんなふうになってるのか」


敢太は心から感心しているようだった。子供のとき以来なら、知らなくて当然だけど、いつも頼ることのほうが多いから、頼られるのは新鮮でちょっと楽しくなる。


「じゃあ、ちゃんと私についてきてね」

「なんか、やけに嬉しそうだな。まぁ、よろしく頼むわ、先輩」

「任せて！」


先輩と呼ばれていい気分になった私は、敢太よりも前に出て道案内しようとしたけれど、すぐに腕を掴まれて引き留められた。

「ちょっと待てって、人が多いんだからはぐれるだろ」

「え？　そんなこと……あるね、ごめん」

周りを見渡すと、辺りは人で溢れていて、油断するとはぐれてしまいそうだった。

「ま、そんなこと言って、ただ俺が手を繋いで歩きたかっただけなんだけどな」

腕を撫でるようにして下りてきた敢太の手が、私の手をすっぽりと包み込んだ。二人とも手袋をしていないため、冬の空気にさらされて冷たくなっていた。

「こうやって手を繋げば、あったかいよ」

「う、うん……」

私をリードする敢太がいつもよりカッコよく見える。こうやってお互いに手を取り合って歩いていけば、どんなことも乗り越えられるのかもしれない。

人気のアトラクションの予約券をもらった後は、待ち時間の少ないほかのアトラクションに乗ることにした。その移動の途中で、私たちはアイテムショップに立ち寄った。

「パスケースがあると便利だよ。よかったらプレゼントさせて」

「へぇ、いろいろな種類があるんだな。たしかに入場券やアトラクションのチケットをしまうのにいいかも。あと、社員証も」

「ええ、社員証⁉　可愛すぎるよ」

「そんな本気にするなって。冗談だから」

敢太は真顔で冗談を言うから、ついつい本気にしてしまう。そういうところが楽しくて、いつもからかわれていたことを思い出す。

それなのに、そばにいると苦しくなり始めたのは、いつからだっただろう。

「はい、これ」

「ありがとう。ちょっと俺には可愛すぎるかな」

お揃いのパスケースを手渡したけど、敢太は首に掛けようとせず、じっと見つめている。できるだけ男性でも違和感のないデザインを選んだつもりだけれど、それでも抵抗があるのだろう。こういうとき、マコだったら喜んでつけてくれると思う。

マコは今、どうしているのだろう。きっと、全力でダンスに取り組み、真剣に私のために解決策を考えてくれているに違いない。それなのに私は、仕事を休んで敢太と遊びに来ている。罪悪感で胸が激しく疼《うず》く。

マコだけじゃない。敢太にも申し訳ないことをしてしまっている。せっかく私のために連れてきてくれたのに、私は約束を破って、マコのことを考えている。さつきは、恋愛はわがままでいいと教えてくれたけれど、とても割り切れそうにない。

「……どうした？　ぼーっとして」

「あ、ごめん。早起きして、ちょっと眠かったのかも。それ、すごく似合ってるよ」

私が考え事をしている間に、敢太はパスケースを身に着けていた。

「恥ずかしいけど、もっと可愛らしいのを着けている奴もいるし、頑張ったよ」

伏し目がちに話す敢太の顔はほんのり赤く染まっていて、なぜか私まで照れてしまう。

「なんか……可愛いね……」

「微妙な心境だけど、一応、ありがとうって言っとくわ」

「どういたしまして」

そんなやりとりをしながら、比較的空いていたティーカップの列に並ぶ。次にどのアトラクションに乗るか相談しているうちに、すぐ順番が回ってきて、一番近くのティーカップに乗り込んだ。

「確か、この真ん中のハンドルを動かせばぐるぐる回るんだよな」

「そうそう。こんな感じ！」

「おい、ちょっと待っ……」

音楽が鳴り始めたのと同時に、私はハンドルを思い切り回した。ティーカップは急速に回転し始め、次第に周りの景色が幾何学模様のように見えてくる。そのまま遠心力に身を任せると、身体が軽くなって、宙を飛んでいるような気分になっていく。非日常的な感覚が楽しくて、もっと強い刺激が欲しくなる。

「ねぇ、もっと速くしてもいい？」

「いや、無理！　むしろ、頼むから、もっとゆっくりにして……」

向かいに座っている敢太の顔をよく見ると、楽しんでいるどころか青ざめている。

「ご、ごめん！　気がつかなくて」

慌ててハンドルから手を離すと、徐々に回転は速度を落としていき、敢太の顔にも血色が戻ってきた。

「一緒に楽しめなくて、すまない……」

「敢太が謝ることじゃないよ。調子乗りすぎちゃった」

私が舌を出すと、ようやく敢太も笑顔を見せた。

音楽が鳴りやみ、ティーカップから降りると、敢太はふらつきながら近くのベンチに腰を下ろした。

「あんまり遊園地に行ったことがないから気づかなかったけど、こういう乗り物はダメっぽい。こんなんでジェットコースターとか乗れるかな……」

「無理して乗らなくても大丈夫だよ。私一人でも平気だし、回らない乗り物もたくさんあるからさ。そうだ、何か飲み物でも買ってくるから、ここで休んでて」

「悪い、頼むわ。それまでになんとか自信取り戻しとく」

つらそうにしている敢太には申し訳ないけれど、こんなことで自信をなくしているのが意外で、可愛く思えてしまう。なんでもできる完璧な人だと思っていたけれど、彼も普通の人間なのだ。苦手なことだって、嫌いな食べ物だってある。

そんな当たり前のことを再認識しただけで、敢太との距離がぐっと近づいた気がした。

売店でペットボトルのお茶を買って、敢太が座っているベンチに引き返すと、彼はスマホを操作していて、私に気づいていないようだった。

何げなく画面に目をやると、ＬＩＮＥで誰かにメッセージを打っているところだった。相手のアイコン写真はプリクラで、顔ははっきりわからないけれど、若い女の子が映っている。

交遊範囲が広いのは知っているけれど、まさかこんな若い子とも知り合いだなんて驚きだ。社会人がアイコンをプリクラにするとは思えないし、相手はおそらく大学生あるいは高校生だろう。

敢太に弟や妹はいない。いったいどこで知り合ったのか気になるけれど、のぞき見したと思われたくないし、彼女でもないので、胸に留めておくことにした。

「お待たせ」

「お、意外と早かったな。ありがとう」

声を掛けると敢太はすぐにスマホをしまい、私からお茶を受け取った。

「次はどこに行く？　ゆっくり３Ｄシアターでも観る？」

「彩が行きたいとこに行こう。俺のことは気にしなくていいからさ。でも、シアターは興味あるな。３Ｄメガネを掛けて観るやつだろ？」

「そうそう。私もまだ観たことがないけど、面白そうだよ。行ってみようか」

３Ｄシアターを観た後は、予約券を取っていたジェットコースターに乗った。敢太のことが心配だったけれど、苦手なのは回転系だけで、高い所から落ちるのはまったく平気な様子だった。むしろ、私のほうが叫び声を上げていた。

その後も予約券を有効活用してアトラクションに乗り、レストランが一番混む時間帯を避けて、お昼ご飯を食べたりした。

急ぎ足だったけれど、待ち時間が結構あるため、話もたくさんした。仕事の話やこの一年何をしていたかなど、話題に事欠くことはなかった。時折、お互いに沈黙する時間もあったけれど、特に苦痛には感じなかった。

平日ということもあって、夕方になる頃には、人気のアトラクションにはほぼ乗ることができた。

「最初はどうなることかと思ったけど、意外と乗れたな」

「うん。あとは夜のパレードかな」

「パレードまで時間あるし、ご飯を食べたらバッチリだね」

レストランで夕食を食べて外に出ると、すでにライトアップされ始めていて、メルヘンな世界は幻想的で美しい世界へと姿を変えていた。その美しさに心を奪われて、辺りを見回しながらショップまでの道のりを歩く。

「きょろきょろしていたら、人にぶつかるぞ」

「そうだね、気をつける。でも、なかなか来られないから、この景色を目に焼きつけておこうと思って」

「わかる気がする。ここって日常を忘れさせてくれる場所だよな。いつもだったら休日でも頭の片隅で仕事のことを考えているけど、今日は完全に忘れてたよ」

「優秀な営業マンは言うことが違うね。普段から私は会社を離れたら完全に電源オフだもん」

「そっか、彩には俺の成績とか全部知られてるんだよなー」

そう言われて、私は人事として言ってはならない発言をしたことに気づいた。もっとも、営業は目に見えて成績がわかるから、敢太が優秀なことは社員全員が知っている。

「ごめん。今のは人事として不適切な発言だった」

「いや、気にしないでよ。彩に〝できる男〟アピールができてるようで嬉しいくらいだから」

「何それ？　気を抜くと逆効果になるかもよ」

気まずくなりそうなところを、和やかな空気に変えてくれるところは、昔と変わっていない。だから敢太の周りには人が集まるのだろう。きっと、そういう能力が高いからこそ、営業としても成功しているのかもしれない。

ただ、上手くいっているように見えて、ストレスをため込んでいることもある。付き合っていた頃の敢太の気持ちを最近知るようになって、少し不安になる。私は敢太のことを何もわかっていなかった。

「でも、敢太の場合、気を抜くくらいのほうがいいのかもね。断トツに成績がいいから、無理してるんじゃないかって心配になるときがある。有休取って遊ぼうって誘われたとき、仕事が大変で休みたいのかなって、チラッと思ったんだ」

「大丈夫。彩とここに来たかっただけだよ。休日だと混んでるしさ。それに、何かあったとしても、好きな子の前で弱音は吐かないよ」

「そ、そっか……」

ストレートな表現に胸が高鳴る。それを隠すように、適当にその辺にあったお土産を手に取った。

「それ買うの？　男物のパンツだけど」

「え？　あ、いや、敢太に買ってあげようかと」

「さすがにそれは勝負パンツにはできないなぁ」

キャラクターの可愛さにハンカチかと勘違いして気軽に手に取ったが、それはボクサーパンツだった。

頬を赤くする私に、敢太が真面目な顔をして言う。

「何かお揃いの物を買おうよ。パンツ以外で」

「お願いだからパンツのことは忘れてよ……」

「ごめんごめん。恥ずかしそうな彩が可愛かったから、ついからかっちゃって。そうだ、マグカップなんてどう？」

「うん。いいと思う」

敢太はお揃いのマグカップを購入して、一つを私にくれた。自分の分は支払うと言ったけれど、「クリスマスプレゼント第二弾だから」と受け取ってくれなかった。

うっかり落とさないように、いつもより買い物袋の持ち手を強く握りしめ、店の外に出た。パレードが見える場所まで来ると、まだ開始前なのに、すでにたくさんの人が場所取りをしていた。

「すごい人だな。近くで見るのはあきらめて、遠くから見やすいところを探す？」

「うん、賛成」

私たちは人混みを離れて、見通しのいい場所を探した。それなりにいい場所を見つけたところで軽快な音楽が流れ始め、光をまとったキャラクターたちが行進を始めた。

「すごい！　綺麗だね」

「ああ。早くから場所取りしてた人の気持ちがわかるよ」

顔を見なくても、声から感動しているのが伝わってくる。やがて敢太はスマホを取り出すと、角度を変えて何度もシャッターボタンを押していた。

「やっぱ、遠くからじゃ上手く撮れないな。今度来たときはちゃんと場所取りしよ」

「また来たいと思ってるんだ？」

「まあな。……俺、ずっと食わず嫌いしてたみたい。こんなに楽しい場所だったなんて、今日まで知らなかった。いや、彩と一緒だったから楽しかったのかもしれないな」

穏やかで、優しさに満ち溢れた声に導かれるように敢太の方を向くと、彼はパレードではなく、私を見ていた。愛しそうに見つめるその瞳に、吸い込まれそうになる。

「今日、パーク内を歩きながらずっと想像してたんだ。いつか彩と子供と一緒に来られたら、もっと楽しいだろうなって。彩もそう思わない？」

「……うん。楽しいかもしれないね」

「それで、子供が成長して、大人になったらまた二人で来たい。年を取っても、またここでデートできるような夫婦になれると思うんだ。彩となら」

彼との未来が、頭の中で鮮明に思い描かれる。一度は失敗して別れを選んでしまったけれど、その経験を活かしてお互いに歩み寄れば、今度は上手くいくのかもしれない。

一時的にマコを傷つけることになっても、ダンサーとしての将来を考えれば、むしろ与える傷は浅くて済むように思える。

でも、心のどこかに〝そう思えない〟自分がいることにも気づいている。

パレードの鮮やかな光に照らされた敢太の横顔を、私は複雑な想いで見つめていた。

パレードと打ち上げ花火を見終えると、私たちは人の流れに乗って出口へと向かった。冷え込みがかなり厳しくなってきたので、帰ることにしたけれど、敢太の足取りがいつもより遅く感じられる。私もそうだけど、名残惜しいのかもしれない。

「やっぱり、閉園ぎりぎりまで遊ぶ？」

「いや、もう満足なんだけど、その……」

敢太の気持ちを汲み取って提案したつもりだったけど、どうやら違うようだ。

「どうしたの？　何かあった？　もしかして忘れ物とか……」

「いや、下心があるみたいで言いにくいんだけど……じつはホテルを予約してる」

「ホ、ホテル⁉」

思わず大きな声が出てしまい、慌てて口元を押さえる。周囲の視線にいたたまれず、一緒に脇道に逃げ込んだ。

「驚かせてごめん。一日遊んだら疲れるかなって思って、一応予約しておいたんだ。下心がないって言ったら嘘になるけど、彩がいいと言わない限り、おかしなことはしないって約束する。だから、もう少し一緒にいてほしい」

「……本当に、何もしない？」

「嫌われたくないから、絶対無理やりにはしない」

まだ敢太と一線を越える覚悟はないけれど、私ももっと一緒にいたい気持ちはある。でも、この前も同じことを言って、押し倒してきたから、百パーセント信用するわけにはいかない。ただ、途中でやめて謝ってくれた。さすがに二度も同じことを繰り返すようには思えなかった。

「……絶対に何もしないなら、いいよ」

「ありがとう。信用を取り戻すようにするよ」

敢太はホッとしたような笑顔を見せると、私の手を握り直して出口に向かって歩き始めた。その足取りは軽く、心から喜んでいるようだった。

こうしたちょっとした反応からも敢太の想いが伝わってきて、心が温かくなる。今日一日でずいぶん距離が縮まったように思う。きっと、時間を重ねれば重ねるほど、お互いをわかり合い、支え合っていけるだろう。


到着したのは、ディズニーファンなら誰もが憧れる高級ホテルだった。

入館してすぐ正面に見えるラウンジはすでに営業を終了していたけれど、大きな窓や吹き抜け、そして随所に印象的なモチーフが散りばめられていて、そのスケール感とスタイリッシュさに、しばらくの間、言葉を失うほどだった。

チェックインを済ませた敢太とエレベーターホールへ向かう。

「すごく、高そうだね……」

「いいホテルだよな。彩と過ごすのにぴったりだと思って。あ、変な意味じゃないけど」

エレベーターに乗って高層階で降りると、足裏に柔らかい感触を感じた。廊下にはふかふかの絨毯《じゅうたん》が敷かれていて、所々に値の張りそうな壺や花瓶、絵画が飾られている。

「完全に場違いな所に来ちゃったかも」

「そんなに言うほど高くないから気にするなって。それに、彩は気品があるし、場違いなんかじゃないよ」

お世辞だとわかっていても素直に嬉しかった。その言葉で少し自信が持てたおかげで、さっきまで歩き方すらぎこちなかったのに、今はリッチな雰囲気を楽しんでいる自分に気づいて、苦笑した。

「ここだよ。どうぞ」

先に部屋に入った私の目に真っ先に飛び込んできたのは、窓いっぱいに広がる夜景だった。さっきまで遊んでいたアトラクションやお城が見事にライトアップされていて、幻想的な世界を作り出していた。

「こんなに綺麗な夜景、生まれて初めて見たよ」

「今俺も同じことを思ってた。二人一緒に見ているから、なおさらかもしれないな」

〝二人一緒だから〟という言葉が胸に響き、噛み締めるように心の中で繰り返した。

ディズニーリゾートには何度か遊びに行ったことがあるけど、今回が一番楽しいと感じたのは、敢太と一緒だったからかもしれない。一度離れても再びこうして二人で過ごすようになったのは、敢太が運命の相手だからなのだろうか。

お湯を沸かそうとしている敢太の背中を眺めながら、そんな少女漫画みたいなことを考える。

「はい、あったかいお茶」

「ありがとう」

「ちょっと休んだら、下のコンビニに行こうか」

「うん。なんの用意もないから行きたい。敢太は着替えとか持ってきたの？」

「いや、断られると思ってたから何も。さっき彩にパンツ、買ってもらえばよかったかな」

「だから、その話は早く忘れてよ」

高級ホテルに泊まることになって、ずいぶん緊張してたのに、今は冗談を言い合えるくらい自然体でいられる。別れてから一年、ずっと気まずかったのが嘘のようだ。

「ちょっと前までは、こんなふうに二人で遊びにくるなんて考えられなかったよね」

「別れてからろくに口も利いてなかったもんな。ぐっと距離が縮まったのは、あの川崎での出来事があったからかも」

「そうだね。あの日の敢太はまるでヒーローみたいだった。助けてくれて本当にありがとう」

「たまたま通りかかっただけだって。でも、あれがなかったら、こんなふうに一緒にいられなかったかもしれないから、あの大学生たちには感謝しないとな」

「……大学生たち？」

敢太の発言に違和感を覚えた。当事者の私ですら彼女たちのことをよく知らないのに、なぜ敢太が大学生だと知っているのだろうか……。

何げない言葉の端に一度引っかかりを覚えると、これまで気に留めていなかった敢太の行動の数々が急に不可解に思えてくる。

思い返せば、代々木公園のイベント会場で敢太によく似た男性を見かけていた。あのときは会社のボーリング大会に出席しているはずだから、他人の空似だと思ったけれど、実際には欠席だった。

わざわざ恋敵のイベントに足を運ぶ理由はわからないけれど、イベント情報はネットで簡単に調べがつく。あのときの男性が敢太本人だという可能性はゼロじゃない。

ファンに絡まれたときだって、冷静に考えれば、あんな人気のない場所にタイミングよく通りかかるなんて話が出来すぎている。それに今日の日中、大学生くらいの女の子とＬＩＮＥしているところも目撃した。

すべて憶測でしかないけれど、これらの情報を繋いでいくと、ある一つの可能性に行き着いてしまう。

「もしかして、あの女の子たちと知り合いだった？」

「あの女の子たちって？」

「私に絡んできたマコのファンたちだよ。ねぇ、どうして彼女たちが大学生だって知ってるの？」

敢太は一瞬困った表情を見せた後、取り繕うように私に笑顔を向けた。

「知り合いなわけがないだろ。俺が大学生だって言ったのは、幼なじみくんのことだよ。ほら彼、まだ大学生だろ？」

「……でも、さっき大学生〝たち〟って言ったよね」

「ああ、それはエクレアだっけ？彼らのことだよ」

「エクレアって、みんな大学生だったかな？　大学四年生のマコより年上のメンバーもいるけど。そもそも、どうしてそんなにマコに詳しいの？」

質問を重ねるにつれ、敢太が険しい顔つきになっていく。額には汗が滲んでいる。自分の推測が間違っていると否定してほしくて聞いたのに、次第に疑惑が膨らんでいく。

「ライバルの情報収集するのは基本中の基本だろ？　彼がグループ組んでイベントに出てることとも、彼と彩にいろんな噂が出回っていることもネットで知ったよ。メンバーの年齢まではよく知らなかったけど」

「まぁ、それは調べればわかることだもんね。じゃあ、今日大学生くらいの若い女の子とＬＩＮＥしてたけど、どういう関係の子か、差し支えなければ教えてもらえる？」

「なんだよ。のぞいてたのかよ。あれは前に大学生とのコンパで知り合った子から連絡が来て、返事しただけだよ」

「そうなんだ。私は、もしかしたらその子がマコのファンかもしれないって疑ってるんだけど、違うよね？」

「そんなわけないだろ。邪推されても困るな」

「だったらさ、それを証明するためにも見せてよ、ＬＩＮＥの内容」

　私は手の平を見せて、スマホを差し出すように要求した。敢太は固まったまま動かない。

　やましいことがなければ見せられるはずなのに、できないということは、クロだと認めたようなものだ。

「やっぱり、敢太はあの子たちと知り合いだったってこと？　それで、私があの場所で因縁つけられることも知ってたの？」

「だから、邪推するなって言ってるだろ。見せられないのは、お前がヤキモチ焼くような内容が含まれているからだよ。ほら、お前にフラれても大丈夫なように、いい子をキープしておくことは大事だろ？」

「……それはそれでどうかと思うけど、ヤキモチなんて今はどうでもいいから、ちゃんと見せて。じゃないと、疑いは晴れないよ」

「見せられたらいいんだけど、さっき消しちゃったんだよなぁ」

「だったら一応、消えてるところを見せて」

敢太の顔を真っすぐに見つめる。でも、敢太は目を伏せたまま、私に顔を向けようともしない。信じさせてほしいのに、悲しみで胸がいっぱいになる。

長い沈黙の後、大きなため息が聞こえた。

「……あーあ、最後の最後に失敗しちゃったな」

だだっ広い部屋に、開き直ったかのような敢太の太い声が響き渡った。

「それって……認めるの？　さっき私が聞いたこと」

「ああ。まさかたった一言で墓穴を掘るとはな。彩がもう俺を選ぶって確信して、油断しちゃったよ」

「本当なの？　本当に私がファンに絡まれることを知ってて助けたの？」

「そうだよ。俺が全部仕組んだことだもん。まさか飲み物まで投げつけるとは思わなくて焦ったけど」

悪びれもせずに話す敢太を見ていたら、何かが音を立てて崩れていくような気がした。

こんなとんでもない隠し事をしておきながら、平然と「俺にしとけよ」だなんて告白してきたというのか。自分が仕組んだことなのにマコのせいにして、あんなひどい態度を取ったなんて信じられなかった。そのおかげでマコは苦しんで、私に連絡を取ることすらやめたというのにだ。

突きつけられた真実を受け入れられなくて、私は言葉を失ったまま、呆然と見慣れない部屋の景色を眺めていた。

「……どうして、マコの邪魔をするの？」

無意識に口から出た自分の声に、はっとして我に返る。私は自分が裏切られたことよりも、敢太がマコの足を引っ張ったことを許せないでいるのだ。

「敢太の勝手な都合で、マコの夢を邪魔しないで！」

そう怒りをぶつけると、突然、敢太の顔つきが冷たく変わった。居酒屋のときや、マコを前にしたときにも見せた、人を見下しているような笑みを浮かべている。

「何言ってんだよ。あいつの足を引っ張っているのはお前だろ」

「そうかもしれないけど、でも、故意にひどいことしてる敢太とは違う！」

「ひどいことって言うけど、全部お前のためだよ。早めにああいう経験をしておかないと、現実に気づかないだろ?」

「勝手な考えを押しつけないでよ! もし私のためだとしても、人を傷つけないやり方だってあったはずだよね。今日一日、すごく楽しくて、お互い歩み寄れた気がして嬉しかったのに……なんだったの……」

裏切られていた事実よりも、謝ろうともしない態度が腹立たしくて仕方がない。きっと、自分の考えがすべて正しいと思っているのだろう。

飄々《ひょうひょう》とコーヒーを飲んでいる姿に身体が震えてきて、思わず距離を取った。

「せっかく彩がデートで喜びそうな場所を、小池から聞き出して準備してきたのにな」

その発言がさらに私を落胆させていることに気づいているのだろうか。日頃からいろいろ夏子に相談していたのは知っていたけれど、できれば今日のデートプランくらい自分で考えてほしかった。私がテーマパークに行きたがっていたことを思い出して、連れて行ってくれたのなら、どんなに嬉しかっただろう。

それ以前に、敢太のせいで夏子とぎくしゃくしているというのに、今も彼女に相談し続けているなんてどういう神経をしているのだろうか。

よくよく考えてみると、敢太の行動は理解できないことだらけだ。勝手にも程がある。

ふつふつと怒りが込み上げてくる。

「ねぇ、そうやって、なんでもかんでも夏子に相談するのはやめてくれないかな」

「なんで？　共通の友人に恋愛相談するのは普通のことだろ」

「でも、それで私と夏子が気まずくなってるんだよ。普通は遠慮するところだよね？　それに、私の知らないところで話が筒抜けになっているのは気分悪いよ」

「お前が気にしすぎなんだよ。ちゃんとフォローもしたし、責められる覚えはないんだけど。それに彩だって小池や櫻井に相談してるだろ。何が違うの？」

「え……」

理屈では、敢太の言っていることは間違ってないかもしれない。でも、私の感覚は違っていて、どうしても腑《ふ》に落ちない。

同性に相談するのと、異性にするのでは意味合いが違うと、私は思う。でも、そういう感覚が敢太にはないということなのだろうか。

秋に会議室で心のうちを話し合ったとき、〝お互い何をされたら嫌なのか、話し合えばよかったね〟って言ってくれたけど、そもそも話し合ったところでわかり合えるものなのだろうか。それに、価値観の相違を一つひとつ擦《す》り合わせていくのは、想像以上に大変な作業に思えた。

だから私は自分のことをわかってもらうよりも、相手に合わせたほうが楽だと思ってしまったのかもしれない。別れてから時間が経って、細かいことは忘れてしまっていたけれど、さつきの「彼と付き合っていたときの彩ちゃん、あんまり幸せそうじゃなかったんだよね」という言葉が、今になって胸にストンと落ちた。

「ごめん、ここには敢太一人で泊まって」

ソファから立ち上がり、椅子に置いてあったバッグを持ってドアへと向かう。

「ちょっと待てって」

敢太は慌てた様子で追いかけてきて、私とドアの間に立ちはだかった。そして、私の両肩を掴むと、顔をのぞき込むようにして目線を合わせた。

「こんなことで感情的になるなよ、な？」

「……こんなこと？」

敢太はまるで子供をなだめるように話しかけてきたけれど、かえって感情を逆撫でされるだけだった。

「私にとっては大事なことなの。平気で人を傷つける人と、これ以上一緒に過ごすことはできないから。そこ、どいてくれる？」

睨みつけると、決意の固さが伝わったのか、敢太はそっと手を離した。

「だったら俺が帰るから、お前は泊まっていけよ。もう夜も遅いし」

敢太は入り口近くに掛けてあったダウンを羽織ると、部屋に置いてあった荷物を取りに戻り、それから靴に履き替えた。

私はその様子をただ見ていることしかできなかった。

「代金はもう支払ってあるから。じゃあな」

この場から去ろうとする敢太の背中を見て、私の口から出たのはなぜか「ごめん」という言葉だった。

「彩ってこんなに感情的だったっけ？　前はもっと付き合いやすかった気がするよ」

敢太は振り返ると、そう捨てゼリフを残して出ていった。その表情はまるで〝裏切られた〟とでもいうように冷たくて、胸をえぐられる思いだった。

「……なんで、そっちがそんな顔するのよ」

言葉では表現できない感情が身体を駆け巡り、涙となって頬を伝っていく。私はその場に立ち尽くしたまま、しばらく泣き続けた。


涙も枯れ果てた頃、私は重い身体を引きずるようにして部屋に戻った。倒れるようにベッドに横たわると、バッグからスマホを取り出した。メッセージが何件か届いていたのでLINEを起動させる。画面には久しぶりに大切な人の名前が映し出されていた。

『彩ちゃん、久しぶり。十二月二十三日にお台場《だいば》でイベントがあるんだけど、来てくれるかな？　この前みたいなことがないように、家まで迎えをよこすからさ。そのときに、見つけた答えを話したい』

マコと連絡を取らない日々には慣れたはずなのに、また涙が溢れ出す。メッセージをもらっただけなのに嬉しくて、スマホを両手で握りしめて、胸に引き寄せた。

気持ちが落ち着くと、改めてメッセージを読み直した。

なんて返事をしたらいいのだろう。この前のことは敢太が裏で仕組んだことだとわかったけれど、あのときの恐怖がトラウマになっているのか、会場に行くのが怖かった。ネットに写真までアップされてしまい、いつ取り囲まれることになるかと思うと、不安で仕方ない。できれば、ここで今すぐ、見つけた答えを聞きたかった。

『何を考えているのか、今教えてはくれないの？』

考えた末、そう返信すると、『できれば二十三日に話したいんだ。もうイベントに来たくないかもしれないけど、お願いします。もうこれが最後のわがままにするから』と返ってきた。

〝最後〟という言葉に、改めて交わした約束を思い出す。きっとマコはクリスマス前のこの日に、すべてを賭けようとしているのだ。

私はマコの決意に応えなければならない。ちゃんと向き合って、答えを出そう。

『わかった。観に行く』

そう返事をすると、私は静かに目を閉じた。いろいろなことがありすぎて、もうお風呂に入る力も残っていなかった。

敢太は今どうしているのだろう。電車に乗って帰っている途中だろうか。それともすぐに夏子に連絡をして、また報告しているのだろうか。

この部屋を出るときに、私を裏切り者でも見るような目で見ていったけれど、いったい私が何をしたというのだろう。

恋の思い出は美化されるというけれど、敢太にとっての私もそうだったのかもしれない。私が変わったんじゃない。敢太も私も、お互いの本当の姿がやっと見えるようになっただけだ。そして、そこにわかり合えるものは一つもなかったということだろう。

いつの間にか、私は現実から逃げ出すように、深い眠りの世界へと引き擦り込まれていった。

その翌々日の日曜日、私は大森駅近くの喫茶店にいた。外観やメニューにこれといって特徴のないお店だけれど、昔ながらのレトロな雰囲気が好きで、たまに足を運んでいる。客層は高年齢の方が多く、店内が静かなのも気に入っていた。

テーブルにカフェオレが届けられ、カップから立ち昇る湯気をぼんやり見ていると、来客を知らせる鐘の音が鳴った。

全身に緊張が走る。

「ここで待ち合わせをしてて」と店員に話す聞き慣れた声に、私は大きく息を吐いた。

呼び出したのは私だ。それなのに顔を合わせるのが怖い。

「……待たせた？」

程なくして、敢太が向かいの席に座った。

「ううん。そうでもない」

「そっか。ならよかった」

敢太はホットコーヒーを注文すると、おしぼりで手を拭き始めた。じっと手元を見たまま顔を上げない。きっと、私と目を合わせたくないのだろう。でも、それは私も同じで、無言の時間を埋めるようにカフェオレをゆっくりと口に運んだ。

私が呼び出したのだから、先に沈黙を破らなければならないのは私のほうだ。敢太の注文したコーヒーを運んできた店員が戻っていくのを見届けると、私は覚悟を決めて口を開いた。

「あのね、今日はけじめをつけにここに来てもらったの。これ以上、敢太に期待を持たせる行動はできないから」

「……ああ、わかってる。やっぱり、川崎のことがダメだった？」

「それもあるけど、考え方っていうか、価値観が違いすぎると思ったから」

「価値観？」

敢太が意外そうな顔をした。

私はホテルから自宅に戻りながら、ずっと敢太のことを考えていた。なぜ敢太とは、何度やり直そうとしても、気持ちがすれ違ってしまうのかを。

私たちは、おそらく人として根本的な部分が違っているのだ。だから逆に、自分になくて、相手が持っている部分に惹かれ合ったのだろう。

でも、それは自分と噛み合わない部分に目をつぶってでしか成立しない関係だ。だから、些細なことでも、一度歯車が狂い出すと、擦り合わせるのがものすごく難しくなってしまう。一緒にいて楽しく感じられても、それだけでは上手くいかないことも出てきてしまうのだ。私たちはきっとそういう関係なのだ。

「そう、価値観。たとえば、付き合っていたとき、敢太は私より友達の約束を優先していたよね」

「別にそういうつもりじゃ……」

私は敢太の瞳を真っすぐに見つめる。今にも泣きだしそうな表情に心が痛む。でも、傷つけることになっても、ここで口をつぐんではいけない。二度と邪魔をされないように、敢太も心残りのないように、きちんと終わりにしなければならない。

「敢太は恋人も友達も同じように大切にしたいのかもしれないけれど、どちらか選べと言われたら、私は恋人との時間を大切にしたいって思う。大森に引っ越したときも、敢太は自分の時間が大事だからって、同棲に反対したよね。あのとき私は……同棲に憧れてた。夏子に恋愛の相談をする件も、川崎での件もそう。私たちは、価値観が違いすぎる」

「……この前はつい感情的になって、あんな態度を取っちゃったけど、もっと冷静に話し合えば、わかり合えるんじゃないかな」

「ううん。私はあれが素の敢太だと思う。考えを曲げないし、否定されたら怒るでしょ？　でも、私だってわかってもらえないとつらいし。だからお互い、もっと価値観の合う人と付き合ったほうがいいよ」

冷静にそう告げると、敢太はうつむいて黙り込んだ。

再び沈黙が重くのしかかって、私は気を紛らわすようにカフェオレを口に運んだ。

「それも理由の一つなんだろうけどさ、俺は一番の理由は違うところにあると思う」

「えっ？」

「合う合わないじゃなくて、大事な〝マコ〟のファンを煽《あお》って、あいつの活動の邪魔をしたことが許せないんじゃないのか？」

思いがけない敢太の言葉に、どう返事をしていいのかわからない。そもそも、何を根拠に敢太はそんなことを言うのだろう……。

そんな私の戸惑いを察したのか、敢太が先を続けた。

「付き合っているときさ、お前はたいがいのことは俺に合わせてくれたけど……、幼なじみが絡むことだけは絶対譲らなかったよ。この日はマコと約束してるからとか、今マコが家に来てるからダメとかね」

「そうだったっけ……。自覚ないな……」

「昔はよくご飯食べさせてあげてただろ？　俺が彩のことを心配して〝血が繋がってるわけでもないのに、そんなに面倒見なくても〟って言ったら、キレられてさ……。でもあのときは、幼なじみのことを妹のように想っているんだって感動したよ。妹じゃなくて、弟だったけどな」

「なんかごめん……。たぶん赤の他人みたいに言われたことに、腹を立てたんだと思う」

「別にいいよ。この前、彩の家に泊めてもらったときだったかな。〝あいつのことになると、頭に血が上る〟って、俺が言ったの覚えてる？」

　私は小さくうなずいた。

「あのときに、あいつじゃお前を幸せにできないからって、理由を言ったと思うけど、本当はずっと嫉妬していたせいかもしれないって、今は思う」

「嫉妬？」

「そう。ずっと彼氏の俺より優先してたから。彩にとっては、今も昔もあいつが一番大事な存在なんだろうな。だからといって、彩があいつといて幸せになれるとは、やっぱり俺には思えないけど」

　敢太に言われるまで、まったく気がついていなかった。幼い頃からマコのことを大切に思ってきて、それはもう日常の一部になっていた。でも、好きな人よりも優先させるほどの存在になっていたとは思わなかった。

　私にとってマコは、とっくに幼なじみという枠を超えた、特別な存在だったということなのだろうか。

「私、自分がそういう行動を取っていたなんて気づかなかった。ごめんね。いまいちピンときてないし、マコへの気持ちも整理できていないけど……敢太とやり直せないっていうのは確かだから。気持ちはすごく嬉しかったし、一昨日もあんなことになるまで、すごく楽しかったけど、私たちは同期のままでいたほうがいいと思う」

　私は深く頭を下げた。この二カ月間、右に左に気持ちが揺れ動いていたのが嘘のように、心に迷いはなかった。

「〝同期のままで〟か……。その言葉、結構ダメージでかいな。でも、言われてみて初めて気がついたよ。俺こそ、いっぱい傷つけてごめんな。……じゃあ、もう行くから」

　私は頭を下げたまま、それ以上声を掛けることはできなかった。敢太はテーブルにコーヒー代を置くと、静かに席を立った。まもなく店のドアの鐘の音がして、敢太が店から去ったことを知る。それでも、しばらく私は顔を上げられなかった。

たくさん傷つきもしたけれど、同じくらい大切にしてくれていたこともわかっている。上京して、初めての一人暮らしで心細かった私を支えてくれたのは、間違いなく敢太だった。実家に帰りたいと思っていた私をこの場所に留めてくれたのは、彼の明るさだった。

敢太には感謝してもしきれないくらいだけど、今それを伝えてはいけない。優しい言葉を掛ける立場にないことくらいわかっている。

自分で出した答えなのに、いろんな想いが込み上げてきて泣きそうだ。でも、唇を噛みしめて、必死に涙を堪えた。

ゆっくりと息を吐いて、冷め切ったカフェオレをひと口飲む。砂糖もミルクもたっぷり入っているのに、こんなに苦いと思ったカフェオレは初めてだった。

3

今にも雪が降りそうなほどに気温の低い日、よそ行きの服に着替えた私は部屋で迎えを待っていた。大人になると一日が早いと言うけれど、敢太に気持ちを伝えてからこの日を迎えるまでは、逆に一日一日が異様に長く感じられた。

今日、十二月二十三日は祝日で会社は休みだ。さらに金曜日ということで、クリスマスは土日と重なっている。恋人がいてもいなくても心が躍りそうなものだけれど、私の気持ちはずっと沈んだままでいる。

敢太とは会社で顔を合わせても、話をすることはなくなった。プレゼントにもらったマグカップはまだ袋から出すこともできず、隠すように棚の中にしまっている。

さつきにはひととおり報告したけれど、夏子には特に話していない。敢太が報告していると思うと少し胸がざわつくけれど、もう私にはどうこう言う権利はなかった。

そして、マコからはあの日以来連絡が来ないまま、イベント当日の今日を迎えていた。会場に足を運ぶこともそうだけれど、何よりマコから話を聞くのが怖かった。

もし、夢を叶えるために、私とは元の幼なじみの関係に戻ると言われたらどうしよう。もちろん、これからもマコの夢は応援したい。でも、言われたときのショックを想像すると、自分がどうなってしまうのか不安だった。

思いを巡らせていると、スマホが鳴った。相手は迎えの人でもマコでもなく、なぜか遠藤社長からだった。

「もしもし、彩ちゃん、久しぶりー！　今マンションの前に車停めたわよん」

「ご無沙汰しております。って、社長が来てくださったんですか？」

「そうなのよん。彩ちゃんの運転手に立候補したのよ、私。待ってるからねぇ」

「すぐ下ります！」

社長との電話を終えるとコートを羽織り、急いで部屋を出た。

まさか迎えに来てくれるのが社長だなんて思ってもいなかった。事前に知っていたら、丁重にお断りするか、お礼の品の一つでも用意したところだ。

エレベーターから飛び出し、エントランスを出ると、マンションの前には、車に詳しくない私でも知っている高級車が停まっていた。

車を降りて待っていた社長は私に気がつくと、顔を明るくさせて、両手で手を振ってきた。その笑顔や仕草は私よりも女性らしいけど、残念ながら可愛くはない。

もう真冬だというのに相変わらず薄着で、カットソーの上には何も羽織っていない。

「お忙しいのにお手間をおかけして申し訳ありません」

「私が迎えに行きたかったんだからいいのよー。さあ、お台場に向かうわよ」

そう言いながら社長は助手席のドアを開けると、運転席に戻り、すぐ車を発進させた。

「彩ちゃんに会うのは久しぶりな気がするわ。元気だった？」

「はい。本当はもっと早くお会いして、先日のことを謝りたかったのですが……」

「謝らなきゃいけないのはこっちのほうよ。ファン管理をおろそかにしたせいで、可愛い彩ちゃんを怖い目に遭わせてしまって。マコちゃんもね、それはもう死にそうなくらいに沈んでいたのよ。しばらくご飯も口に通らなかったみたい」

「マコが、そこまで……」

　電話で話したときも食欲がないとは言っていたけれど、そこまで落ち込んでいたとは思わなかった。ただでさえ細身なのに、あれ以上痩せていたらどうしようと心配になる。

「彩ちゃん、私ね、じつはマコちゃんのことで反省していることがあるの」

「マコのことでですか？」

　思わぬ発言に驚いて隣を見ると、社長はハンドルを片手で握り、神妙な顔つきをしている。

「たまたま同じ時期に、若くてルックスのいい子が四人も入ってきてくれて、今までにないことができるような気がしたの。あの子たちの可能性を広げてあげたいと思った。それでエクレアを結成したんだけど、マコちゃんの思い描いていた夢とは、方向性が違ったのかもしれないって」

「方向性が違う？」

「ご存じだと思うけど、あの子ってダンスバカでしょ？　雑誌の撮影やＳＮＳの更新に割く時間があるくらいなら、もっとダンスの勉強をしていたいんじゃないかって。それに性格からしても、変装したりしてプライベートに気を遣うのも嫌なんだと思うの」

　昔からダンス一筋だったことを知っているから、社長の考えには同感だった。ダンスに興味を持ち始めたのは、確かマコがまだ幼稚園のときだ。一緒に海外で人気のダンス番組を見ていたときに、目をきらきら輝かせて「僕もあんなふうに踊ってみたい」と言い出したのを今でも覚えている。

ほかの友達がボール遊びや鬼ごっこ、木登りなんかで遊んでいる中で、マコは一人でテレビを教科書代わりにして、ダンスの練習をしていた。そのせいで、なかなか友達ができなくて、私が遊んであげることが多かった。

一生懸命短い手足をばたばたと動かす姿は抱きしめたいほどに可愛くて、思い出すだけで微笑ましい気持ちになる。

「マコちゃんの想いを汲んで、バックダンサーとか、振り付けの仕事を中心にしてあげればよかったって、今になって後悔しちゃってね。そのほうが彩ちゃんにも迷惑をかけずに済んだわよね。本当にごめんなさいね」

社長は前を見たまま、静かに言った。その横顔は少し頼りなげで、社長がマコのことを本当に大切に思っていることが伝わってくる。

「たしかにマコは、ダンス以外のことには関心の薄い人間かもしれません。でも、だからこそほかではできない経験をさせてもらえて、社長には感謝していると思いますよ。私のことは気にしないでください。……こちらにも非はありますので」

川崎での一件はすべて敢太が仕組んだことだった。でも、そんな行動をさせてしまった原因は私にもある。自分の気持ちに気づかず、結果として敢太に気を持たせるようなことをしてしまったからだ。

　本当は社長にもこのことを報告しなければならない。だけど、まだ話す勇気は持てずにいた。

「何言っているの。彩ちゃんは一ミリも悪くないわよ。でも、ありがとうね。そう言ってもらえて心が軽くなったわ。本当はね、今日は観に来てくれないんじゃないかって不安だったの。やっぱり怖いだろうから」

「本音を言えば、怖いです。変な噂は今も広まっているので……。でも、今日マコから話したいことがあるみたいですし、何よりエクレアのパフォーマンスを観たいです」

「ありがとう。今日はね、イベントっていうかライブなのよ。何曲か歌が出来上がってね。きっと代々木公園のときより盛り上がること間違いなしだわ！」

　社長は話すうちに元気を取り戻したのか、心を弾ませているようだった。よほどライブが楽しみなのだろう。

「たしかアッシくんがボーカルなんですよね。どんな歌声なのか今から楽しみです」

「あら、マコちゃんが聞いたらヤキモチ焼いちゃうかもしれないわねー」

「そんなことで妬きませんよ。それに、推しメンはダントツでマコですから」

「ふふ、それは本人に言ってあげてね。ちなみに私は、みんな同じくらい大好きよん」

お台場のライブハウス、Ｚｅｐｐ東京に到着した私たちは、裏口から二階に上がって、関係者用の観覧席に通された。

間近で見ることはできないけれど、ほかのファンを気にせずにいられるので、ありがたかった。

「あ、これマコちゃんから。一応着けてね、だって」

「これは……」

社長に手渡されたのは、マコがよく着けていたニット帽とダテメガネだった。優しさが嬉しくてすぐに身に着けた。二つともちょうどよいサイズで、染みついた香水の香りをかぐと、まるで隣にマコがいるようで気持ちが落ち着く。

「本当にマコちゃんは彩ちゃんが大好きよねぇ。あんなに純粋な子、初めて出会ったわ」

「どうして私なのか不思議で仕方ないです。もっと若くて可愛い子はたくさんいるのに」

「人を好きになるのに理由なんてないわよ。恋は理屈じゃないんだから。ただ、純粋な想いはいつか人の心を動かすと思うの。彩ちゃんも、ファンのこともね。あら、そろそろ時間ね」

開演時間が迫り、私たちは話をやめてステージに注意を向けた。アップテンポな曲が身体の奥まで響くくらいの音量で流れ始めると、ゆっくりとステージの幕が開いていく。その先にはまばゆいほどのスポットライトに照らされたエクレアの姿があった。

ポージングしている姿を見ただけで全身に鳥肌が立つ。初めて見る白の衣装はとても爽やかで、よりいっそう魅力を引き立てているように見える。

ファンの声援に応えるように、彼らは音楽に合わせて身体を動かし始めた。完全にシンクロしている四人のダンスは圧巻で、たちまち心を奪われてしまう。

彼らのステージを観ているときは、ほかのことを一切考えないでいられる。観客の何人かは、悩みとか苦しみとか、そんな日常を忘れたくて会いに来るのかもしれない。そう思えるほど、彼らのダンスにはパワーがあって、観る人を魅了する。

一曲目が終わると、スタッフからマイクを受け取ったナオトくんが挨拶をする。

「こんばんは。エクレアです！　本日はお越しくださり、ありがとうございます」

今の今まで激しいダンスを踊っていたというのに、ナオトくんは息切れ一つしていない。さすがはプロのダンサーだと感心する。

「みなさんに何曲か歌を聴いていただきたいと思います。まずは勢いのある曲で、テンション上げていきましょう！　それでは聴いてください。〝ＢＲＡＫＥ〟」

ナオトくんがタイトルを口にすると、四人はそれぞれ定位置に移動してポーズを取った。最初は四人とも同じ振りつけで踊っていたけれど、前奏が終わるとアツシくんが中央に立ち、マイクを口元に寄せた。

普段の物静かな雰囲気からかけ離れた凛《りん》とした歌声は、激しい曲にまったく負けていない。彼の歌う姿は美しく、艶っぽさを感じさせるほどだった。

ほかの三人は彼を囲むような位置で踊っていて、一見するとバックダンサーだが、その洗練されたしなやかな動きはボーカルに引けをとらない存在感を放っている。

間違いなく一人ひとりがこのステージの主役であり、その中でも私はやはりマコの姿を目で追っていた。

たくさんのスポットライトに照らされて踊るマコはとてもいきいきとしていて、心からダンスを楽しんでいるように見えた。すべてを吹っ切ったようなその動きは神がかっていて、誰も近づくことのできないような圧倒的な輝きを放っていた。

社長が言っていたように、アイドルのように扱われるのは、マコの本意ではないかもしれない。でも、どんな形でも大好きなダンスができるなら、それで構わないと、マコは考えていると思う。子供の頃からそうであったように……。

夢中になっていたせいか、あっという間に時間は過ぎていき、ライブはもう終盤に入っていた。まるで夏休みが終わりに近づくにつれて感じるような、言いようのない寂しさが押し寄せてくる。

「次で最後の曲になります」

会場のあちらこちらから、終わりを惜しむ「ええー」という声が聞こえてくる。観客だけでない、隣にいる社長まで、「やだー!」と一緒になって叫んでいる。

「ありがとう! 僕たちも寂しいよ。でも、またライブやイベントで会えるって信じているから。ね? アッシくん」

「ああ。それに、俺は早く次の歌が聴きたい。みんなもきっと気に入ってくれると思う」

明るくファンをなだめるハルカくんの隣で、アッシくんが淡々と答える。でも、彼の言葉にはどこか違和感があった。ボーカルの彼が〝歌を聞きたい〟とは、どういう意味なのだろう。

そんな小さな疑問が浮かんだとき、ナオトくんが話し始めた。

「最後の曲は唯一のバラード曲で、しかも、マコトが歌います!」

「ええっ⁉」

思わず声を上げた私を見て、社長がくすりと笑った。社長のほうを見ると、得意げな顔をしている。

「驚いた?」

「驚いたなんてもんじゃないです。どういうことですか? だって、マコはボーカルを断ったって」

「聴いたらわかるわよ。とりあえず落ち着きなさい」

諭されても冷静ではいられなかった。ダンスは安心して見られるけれど、歌となると話は別だ。不慣れなことをして、失敗しないか気が気でない。手の平に汗が滲む。

でも、マイクを受け取ったマコ自身はとても落ち着いているようだった。

「人前で歌うのは慣れてないし、ラストを飾るっていうことで、ますます緊張しているんですけど、頑張ります。それでは、聴いてください。〝Ｃｏｌｏｒｆｕｌ〟」

先ほどまでとは打って変わってしっとりとしたイントロが流れ始めると、タイトルのとおり、さまざまな色のスポットライトが中心に立っているマコを照らした。会場は静まり返り、ここにいる全員の視線がマコ一人に集まる。

私は胸の前で手を組んで、祈るような気持ちでマコの歌声を待った。

この世界が彩りに溢れているのは
あなたがいたからだと気づいたのは
いつのことだろう
いつも僕の前を歩いているその姿が
眩しくてとても遠かった

どうすればあなたと肩を並べて歩けるのか
どうすればこの想いを伝えられるのか
心の中はいつもあなただけ
こんなふうにして僕は歩いてきたよ

恋という言葉では括《くく》れないほど
この想いは大きくて尊くて
どう伝えたらいいのかすらわからない

だからありったけの想いを込めて歌うよ
声が枯れるまで
あなたのためならなんだってできるよ
世界を敵に回したって

だからずっと僕のそばにいて――

歌詞の一つひとつが心の深くまで届いて、激しく感情を揺さぶられる。私のために歌ってくれたことは言われなくてもわかった。甘く優しい歌声に涙が止まらない。

不思議だった。マコの歌を聴いていると、目の前の世界が色鮮やかに光り輝いて見える。息をするたびに幸せを感じて、胸がいっぱいになっていく。

ずっと弟のようにしか思っていなかったのにどうしてだろう。今はマコのことがたまらなく愛おしい。なんでもなかった思い出が、すべて宝物のように思えてくる。

「何も言わなくても、ちゃんと伝わっているみたいね。この歌の歌詞、マコちゃんが書いたのよ。すごく素敵でしょ」

「はい……」

「純粋な想いは人の心を動かすだけでなく、本人の原動力にもなるのね。マコちゃんのおかげでそれを学んだわ」

涙でぐちゃぐちゃになった顔を見られるのが恥ずかしくて、私はハンカチで涙を拭きながら、何度もうなずいた。

マコが歌い終わると、会場にはこの日一番の拍手と歓声が響き渡った。

ライブが終わってもしばらく動けずにいた。マコのくれたラブソングを聴いてから、ずっと甘い夢の中にいるような気がする。

「彩ちゃん、私たちもそろそろ行きましょ」

「はい……帰りは電車で大丈夫ですので、本当に、今日はありがとうございました」

「何をとぼけたこと言っているの。マコちゃんに会いに行くわよ」

「えっ」

マコに会う……そう考えただけで急に恥ずかしくなってくる。あんな形で想いを伝えられて、どんな顔で彼に会えばいいのだろう。

目の前にマコの笑顔があることを想像しただけで、頭に血が上りそうだ。こんな感覚は、生まれて初めてのことかもしれない。

「でも、まだ心の準備ができてなくて……」

「頑張った幼なじみに労《ねぎら》いの言葉をかけるのに、どうして心の準備がいるのよ。もう、じれったいわね！」

「えっ、ちょっと、社長」

社長は私の腕を強引に引っ張って、観覧席から通路に連れ出すと、そのまま奥に突き進んでいく。オネエといっても男である社長の腕力に敵うわけはなく、されるがまま一番奥の部屋の前まで連れていかれた。

部屋の扉の貼り紙には、〝エクレア様　控え室〟と書かれている。

この扉を開けた先にマコがいる。そう考えただけで胸が高鳴って、平常心でいられない。

「さあ、入るわよ」

社長はようやく私の腕を離すと、二回ノックをしてから扉を開けた。

「みんな、お疲れさまー。最高だったわ！」

「お疲れさまです！」扉が開いた途端、むわっとした熱気を感じた。でも、社長の背中が壁になって、中の様子がよく見えない。

「早速だけどマコちゃん、愛しの彼女を連れてきてあげたわよ。ほら、入りなさい」

社長が一歩中へと進むと急に視界が広がり、上半身裸の男四人の姿が目に飛び込んできた。メンバー全員、同じタオルを首に掛けて、ペットボトルを片手に持っている。

「……彩ちゃん⁉」

「えっと、なんかごめんなさい！」

目を大きく見開いているマコと視線が合って、慌ててそらした。鍛えられた身体が妙に艶《なま》めかしくて直視できなかった。

「社長、こういうことは事前にご連絡いただかないと困ります」

「まあいいじゃない。早く会わせてあげたかったんだもの」

楽屋には黒木さんもいて、変わらずの厳しい口調で社長を注意していた。なぜかそのやり取りを聞くとホッとして、自然と笑みがこぼれてしまう。

「とりあえずこれを着ておこう」

ナオトくんがスタッフ用に用意されたTシャツのあまりを、ほかのメンバーに配る。私が来なければ、もう少しゆっくり休めたのにと思うと、申し訳なくなる。

「ほらマコトくん、早く行きなよー」

「ちょっと待って。まだちゃんと着てないって」

マコはハルカくんに背中を思いっ切り押され、よろめきながら私の前に立った。首元には汗が光っていて、所々髪が濡れている。身体が火照っているのか頬が赤らんでいて、それが色っぽさを増している。こんなに綺麗な顔立ちだったのかと、改めて思う。

「マコ、今日は――」

「待って。まずは俺から話させて」

そう言うと、マコは目を伏せて大きく深呼吸をした。それから、私の目を真っすぐに見て言った。

「俺が選んだ仕事のせいで、これからも彩ちゃんに嫌な思いをさせるかもしれない。でも、そのときは身を挺《てい》して守るって誓う。命を懸けたっていい。そのくらい、彩ちゃんのことが好きだ。でも、想いを上手く言葉にできなくて、どう伝えたらいいか悩んでた。そんなとき、社長から歌の話をもらったんだ。それまで詞を書くとか歌うとか、興味なかったんだけど、今の想いを歌に込めてみようと思ったら、自然と意欲がわいてきたんだ」

私を慈しむように見る瞳はとても穏やかで、愛に溢れていた。

歌や言葉にしなくたって、今まで一緒に過ごしてきた時間の中で、マコは気持ちを十分伝えてくれていた。それを受け止めるのが怖くて、私が答えを出そうとしなかっただけだ。

「彩ちゃんが機会をくれるなら、俺はこれからもいろんな形でこの想いを伝えていきたい。誕生日や記念日はもちろんだけど、なんでもないときだって贈り物をしたい。美味しいご飯を作ったり、家事を手伝ったり、彩ちゃんが行きたいと思う場所に一緒に出かけたり、二人で子供みたいにはしゃいで遊んだり……。この気持ちは、どれだけ時を重ねても変わらないって誓う。だから……」

いつのまにか、マコは赤い薔薇《ばら》三本の花束を手にしていて、私に差し出した。

「僕を選んでください。大好きです」

子犬のようなあどけない笑顔で、私の返事を待っている。好きだと言ってくれたその姿が愛しくて、まるでスポットライトを浴びているかのように輝いて見えた。

もう迷いはなかった。私は差し出された花束をそっと受け取った。そして、マコに負けないくらいの笑顔で短く返事をした。

「はい！」

そう答えた瞬間、社長やメンバーたちが喜びの声を上げた。マコに抱きついたり、その場でガッツポーズしたり、飛び跳ねたり。マコだけが静かに私を見つめていた。

自分の気持ちがわからなくて迷っていたのが嘘のようだ。今ははっきりと、目の前にいる彼のことが好きで、これからどんな困難が待っていようとそばにいたいと思う。

いつからマコを好きになっていたのかは、自分でもよくわからない。関係が変わったあの夜に芽生えたのかもしれない。

いや、もしかしたら、もっと早くからとっくに好きだったのに、弟のように可愛がっていた〝幼なじみのマコ〟を失いたくなくて、好きにならないように無意識にセーブしてきたのかもしれない。

ただ、一つはっきりしているのは、今日一日でマコは、私を別世界に運んでくれたということ。マコが歌に込めてくれたメッセージを聞いてから、急に目の前の景色が鮮やかに見えるようになった。私の生きている世界は彩りに溢れていると、マコが教えてくれた。

だから私も、ありったけの気持ちを込めて、この言葉をマコに贈りたい。

「マコ、私も大好きだよ」

4

一時間後、私とマコは遅くまでやっているお台場のファストフード店に来ていた。チキンを食べたかったからだ。

「一日早いけど、やっぱりクリスマスといったらチキンだよね」

「うん、昔はよく一緒に食べたよね。懐かしいな」

子供の頃、私たちは毎年どちらかの家でクリスマスパーティーを開いていた。お互いの家族が集まって、テーブルにはフライドチキンやアイスケーキ、手作りのおかずなどがめいっぱい並んでいたのが懐かしい。マコとクリスマスツリーを飾りつけるときのワクワク感は今でも覚えている。

「彩ちゃんが高校生になってからはなくなったよね。クリスマスは友達と過ごすからって言っていたけど、あれ、本当は彼氏だったでしょ？」

「まぁ、そういうときもあったけど、友達と過ごした年もあったよ」

「ふーん。まぁいいけどさぁ」

そう言って、マコは少しだけ不機嫌そうな顔でチキンを頬張る。ステージで華麗に踊っていたのとは似ても似つかないその可愛らしい姿に、思わず笑みがこぼれてしまう。

私はサラダを食べながら、何度目だろう、隣の椅子に置いた三本の薔薇に目をやる。

「夢じゃないんだなぁ……」

噛みしめるように呟くと、マコは首を傾げて「なんのこと？」と尋ねてきた。

「えっと……今日起きたこと全部かな。すごくロマンチックで、夢みたいだったから」

思い出しただけで恥ずかしくなって、目の前のマコを余計に意識してしまう。チキンにかぶりつくことすらためらわれる。

「彩ちゃんがそう思ってくれるなら嬉しいけど、俺は今になってすっごく後悔してる」

「えっ⁉」

「なんであんなむさくるしい場所で告白しちゃったかなーって」

「たしかにすごい熱気だったたし、ちょっと汗臭かったね」

「でしょ？　急に社長が彩ちゃんを連れてきちゃうから焦っちゃったよ。でもまぁ、社長には感謝しきれないほど感謝してる。クリスマスプレゼントまでもらっちゃったしね」

「うん……」

楽屋でマコの告白を受け入れた後、社長は私たちにカードらしきものを手渡してきた。

よく見ると、それはホテルのルームキーだった。社長は私たちのために、お台場の高級ホテルを予約してくれていたらしい。ウインクをして「クリスマスプレゼントよ」

と言った社長の顔は、いろんな意味で一生忘れられないだろう。

ただ、じつはこのまま泊まっていいものか迷っていた。自分の気持ちがはっきりして、二人の想いが通じ合ったばかりで、そうしたことへの心の準備がまったくできていなかったからだ。

だからと言って、帰りたいわけじゃない。社長の厚意を無にしたくないし、何よりマコと一緒にいたかった。さっきから密かにこの幸せな葛藤に悩んでいた。

「食べ終わったし、そろそろ行く？」

マコに言われて、ためらいがちにうなずくことしかできなかった。

お店を出ると、マコはごく自然に手を差し出した。今まで何度となく繋いできたというのに、今はこの手を取るのになぜか勇気がいる。

「どうしたの？　こういうところで手を繋ぐのは嫌？」

「そうじゃないけど……」

マコを好きだと自覚してからいちいち意識してしまい、今までのような自然な行動が取れない。と同時に、マコの今の言葉で、公の場での行動には注意を払わなければいけないことを思い出した。

ふと気づくと、マコは素の状態で、いつものマコの変装グッズは私が借りて身に着けたままだった。

「そうだ、これ貸してくれてありがとう」

慌ててニット帽とダテメガネを外して、マコに手渡した。

「俺の物を身に着けてくれているのが嬉しくて、彩ちゃんが気づくまでそのままにしておこうって思ってた」

「ええー、言ってよ。ってことは、楽屋を訪ねたときも着けっぱなしで……」

「そうなるね。お、帽子あったかーい。彩ちゃんの温もりだ」

マコは楽屋で告白をしたことを後悔していたけど、私は変装したままで受けてしまったことをひどく後悔した。

でも、嬉しそうにグッズを身に着けるマコを見ていたら、気持ちが穏やかになって、どうでもいいことのように思えてきた。

「よし。変装したから、もう大丈夫だね」

マコは私の手を取ると、自分の指を絡めるように繋いだ。

「彩ちゃんの手、冷えちゃってるね。早く移動しよっか」

「……うん」

私たちは海沿いのホテルを目指して歩き始めた。

しばらく歩いているとコンビニが見えてきて、「メイク落としとか買っていくよね？」とマコが問いかけてきた。

そのセリフに懐かしさを覚えると同時に、泊まることを再認識して、身体が勝手に熱を持つ。

「い、いるよね。たぶん」

平静を装おうとしたけれど、声が上ずってしまい、隠し切れなかった。

「彩ちゃん、どうしたの？　なんか変じゃない？」

マコが身を屈《かが》めて、私の顔をのぞき込む。端正な顔が至近距離にあって、まともに目を合わせられない。

「顔赤いし、もしかして体調悪いの？」

「いや、悪くない、全然。むしろ元気だよ」

「そう？　でもなんかいつもと違わない？」

私の態度がおかしいせいで、マコに余計な心配をさせてしまう。

心を落ち着かせようとして、息を大きく吐き出すと、息は真冬の空に白く舞い上がった。冷たい風が熱を帯びた身体を冷ますように頬を撫でる。不思議と心地よくて、今なら素直な気持ちを伝えられる気がした。

「あのね、もっと一緒にいたい気持ちはあるんだけど、泊まるって思うとさっきから緊張しちゃって……。心の準備がまだできてないんだ」

「えっ？」

「いまさらって思うよね。そう思われても仕方ないと思う。自分でもびっくりで……ごめんね。だから、さっきからおかしいのは緊張しているせいなの」

ありのままの気持ちを口にすると、マコは無言のまま、屈めていた身体を起こし、もとの姿勢に戻った。嫌な気持ちにさせてしまったのではないかと心配になる。

「あの、マコ……」

顔を見上げようとした瞬間、全身が温もりに包まれた。ほのかなジャスミンの香りが胸を切なくさせると同時に、心を落ち着かせる。

どこにでも売られていて、同じ香りをつけている人はたくさんいるかもしれない。でも、私にとっては間違いなく、〝マコの匂い〟だ。不思議と心が癒されて、全身に幸せが満ちていく。

「すごく嬉しい。それって、俺のことを意識してくれているからだよね？　まさかこんな日が来るなんて……今すぐ踊りだしたい気分だよ」

「そんな、大げさな」

「大げさじゃないよ。ようやく想いが報われたんだよ。今まで生きてきた中で一番幸せ」

私を抱きしめる腕により力が込められる。ちょっと息が苦しいけれど、痛くはない。

マコの気持ちに応えるように、目の前の背中に手を回すと、好きという気持ちが溢れ出してきて、余計に息をするのが苦しくなった。

店の明かりやイルミネーションが私たちを照らす。こんな人目のある所で抱き合うなんて、また黒木さんに叱られそうだけど、もう少しだけこの温もりを感じていたかった。

「俺、今日彩ちゃんを帰す気ないから。何もしないって約束もできない」

「でも、前に〝今度抱くときは合意のうえで〟って言ってたよ」

「それは両想いになる前の話。それに、この二カ月間ずっと我慢してきたんだから、ご褒美くらいくれてもいいよね？」

いつもより少し低い声で囁かれ、のぼせたときのように足元がふわふわする。マコはゆっくりと身体を離すと、再び私の手を取った。

「ということで、コンビニに行こうね。彩姉」

そう呼ばれて、少しだけ緊張がほぐれたような気がした。昔の呼び方で呼んでくれたのは、マコなりの気遣いなのかもしれない。

コンビニで買い物を済ませた私たちは、目的のホテルに入った。

煌びやかな雰囲気のフロントを通り過ぎて、エレベーターで最上階まで上がる。社長が私たちのために予約してくれた部屋はまさかのスイートルームだった。

エレガントな家具で統一された寝室、ゆったりとしたラウンドソファと今にもコース料理が運ばれてきそうなテーブルセットのあるリビング、スパを彷彿《ほうふつ》させるバスルームなど、すべてに圧倒される。

寝室からは海が見え、レインボーブリッジも見える。主塔が虹色にライトアップされて、宝石のように輝いていた。

「綺麗な夜景が一望できるなんて、さすがはスイートルームだね。感謝を通り越して恐縮するレベルだよ」

「俺もそう思う。でも、今は社長のことは忘れて、この特別な空間を楽しもう？」

「そうだね。せっかくのプレゼントだし、楽しまないと損かも」

「プレゼントかぁ。……俺、先に謝っときたいんだけど、何も用意してないんだ」

マコは夜景から私に視線を移すと、申し訳なさそうに謝った。

「正直、彩姉はあの人を選ぶと思ってたから、ちょっと気分が沈んじゃって買えなかったんだ。そうだ、確認し損ねてたけど……あの人じゃなく、俺を選んでくれたって思っていいんだよね？」

そう言われて、川崎での一件も報告がまだだったことを思い出す。気が重いけれど、後ろめたさを感じたまま、付き合いたくなかった。

「敢太のことはちゃんと断ったよ。それでね、もう一つ報告しないといけないことがあって。川崎で私がファンに絡まれたのは、全部……敢太が仕組んだことだった。でも、元はといえば、私が優柔不断な態度を取っていたのがいけなかったんだと思う。本当にごめんなさい」

深く頭を下げると、マコは私の頭を優しく撫でた。

「うん、知ってたよ」

「えっ⁉ 知ってたって……」

「メンバーが連絡の取れるファンの子に片っ端から聞いてくれてさ。それで何人か特定できたから、ＳＮＳでダイレクトメール送って事情を探ってくれたんだ。そしたら、スーツ姿の男性に協力しないかって言われたって。確証はないけど、元カレさんかなって思ったよ」

「そんな……教えてくれればよかったのに。マコだって悪者にされちゃったんだから」

「まぁ、許せないっちゃ許せないけど、元はといえば、俺のせいだからさ。恋のライバルを蹴落としたい気持ちもわかるし、彩ちゃんに話すつもりはなかったよ」

マコの顔が一回り大人びて見えた。でも、マコがそう考えるのは、今でも自分のことを責めているからだということに気づく。私はマコの頬にそっと触れた。

「マコは何も悪くないよ。私は、平気で人を傷つけるような人が悪いと思う。だから自分を責めないで。どんなことがあっても守るって言ってくれただけで十分だよ」

「ありがとう。ただ、こういうリスクのある仕事を続けていっていいのかなって、思ってるところもあるんだ」

頬に添えた手に、一回り大きな手が重ねられた。

私はこの温もりをずっと感じていたいし、マコのそばにいたい。でも、それ以上に願うのは、たった一つのことだ。

「決めるのはマコだけど、どんな形でもいいからダンスの世界にいてほしい。それが私の願いだってことを忘れないで」

「うん。その代わり、俺は彩ちゃんのことが何よりも大事だってことを覚えておいてね」

「もちろん。もう覚えているよ」

少しずつ顔の距離が近づいていく。もう片方のマコの手の平が、私の頬を優しく包み込む。私はマコと同じように、その手に自分の手を重ねた。

目を閉じると、唇に柔らかな感触が降りてきた。

この二カ月間、マコとも敢太とも唇を重ねた。高揚感を得られたキスもあったけれど、今ほど心が満ち足りたことはなかった。

〝好きな人〟とキスするのはこんなにも幸せなことだったのだ。まるで二度と解けない魔法をかけられたみたいだ。

唇が離れた後、マコに身体を引き寄せられ、優しく抱きしめられた。

「ねえ、今日は一緒にお風呂入ろっか」

「な、何言ってんの？　冗談やめてよ」

「そんなに動揺しなくたっていいじゃん。洗いっこしたこともあるのに」

「それはうんと昔の話でしょ！　恥ずかしいから無理だよ」

「ダメ。ほかの男とデートしても、今までずっと我慢してきたんだし、このくらいのわがまま、聞いてくれてもいいよね？」

　この前のＬＩＮＥで〝これが最後のわがままにする〟って書いてあったのを覚えていたけれど、口にしなかった。とはいえ、この願いはあまりにもハードルが高すぎる……。

　ちょっとしたワガママだったら、いくらでも聞いてあげるのに……。

　すると、マコが謎のアイデアを呟いた。

「そうだ、薔薇の花びらをお湯に浮かべれば、身体を隠せるかも」

「せっかくもらったのに、もったいないよ。そういえば、どうして薔薇三本の花束なの？」

「ちゃんと意味はあるよ。そうだな、お風呂の中で教えてあげる」

「なんか意地悪じゃない？」

「俺、今気づいたけど、好きな子だと、いじめたくなっちゃうみたい。なんでかな？」

　そう自分に問いかけながら、マコはまた私にキスをした。チュッと音を立てながら繰り返されるキスに、身体中が甘くしびれていく。

「これ以上したら止められなくなるから、先にお風呂入れてくるね」

マコが私から離れていっても、身体には甘い余韻が残っていた。

窓際のソファに座ると、掛け時計が目に入った。あと三十分ほどで日付が変わろうとしている。もうすぐクリスマスイブ。まさか恋人になったら一緒にクリスマスを過ごすという約束が果たされるなんて、二カ月前は思いもしなかった。

明日になったら近くのショッピングモールで変装して、それからお互いのプレゼントを買いに行こう。

二人ならどこに行ったって、何をしたって楽しいに決まっている。

初めは変に意識して、上手く振る舞えないかもしれない。でもマコとなら、それさえも素敵な思い出に変わっていくだろう。

そうやって、少しずつ幼なじみから恋人同士になって、いつかは夫婦になって、ずっと一緒に歩いていきたい。どんな壁も二人で乗り越えて、強くたくましく生きていきたい。

「何、ぼんやりしているの？」

「あ、えっと、夜景に見惚れてたんだ」

「バスルームからも夜景が見えるから、あっちで見よ？」

差し出された手を恥じらいつつも握ると、マコは私の手を引いてバスルームに向かった。

「せっかくだから脱がせてあげる」

「そんなの、自分でできるってば！」

「そっか、じゃあ自分で頑張って裸になってね」

不敵に笑うその顔は小悪魔という言葉がぴったりだ。これからも私はこの笑顔に翻弄されていくことになるのだろう。

恥じらう私とは対照的に、マコは豪快に服を脱ぎ捨て、たちまちボクサーパンツ一枚の姿になった。動揺している素振りを見せれば、調子に乗らせるだけだと思ったけれど、目のやり場に困った私は顔を背けた。

「そうだ、彩ちゃんに一つ言っておかないと」

「……何？」

「今夜は寝かさないから、覚悟してね」

マコはとうとう一糸まとわぬ姿になり、先に浴室に入っていった。

ついさっきまで、夜景を眺めながら将来のことを考えていたけれど、まずは直面する問題に目を向けるべきだったと思う。

きっと今宵は、今までで経験したことのないくらい熱く甘い夜になる。それはこの扉を開けた瞬間から始まるのだ。

心の準備はやっぱりできていないけれど、心の半分では、お腹いっぱいになるくらいに彼に愛されたいと思ってる。

今宵はあなたと心も身体も一つになりたい。

そして、これからもずっと、マコの唇だけを受け入れたい。

身体中に、愛の込められたキスを――。


マコの宣言どおり、私たちは一晩中、求め合うように愛し合った。

朝日が昇る頃になって、さすがにひと眠りしようとしていると、マコが思い出したように呟いた。

「そういえば、薔薇の本数の意味教えてなかったね」

「そうだった！　どんな意味があるの？」

「薔薇ってね、送る色と本数で意味が変わるんだって。赤は〝愛情〟で、三本は〝愛しています〟っていう意味なんだよ」

「そういう意味があったんだ。嬉しいな」

「言ったでしょ？　いろんな形で愛を伝えたいって。昨日の夜もいっぱい伝えたつもりだよ。唇で、指で、体温で……あとは」

「……それ以上、言わなくていいから」

言葉にされるのは恥ずかしいし、言われなくても十分に伝わっている。純粋で真っすぐすぎるほどの想いを受け取っている。こんなふうに愛してくれる人は、後にも先にもマコしかいないだろう。

初めて身体を重ねたときは、幼なじみという関係が壊れてショックだったけれど、今は勇気を出して関係を変えてくれたマコに感謝したい。

「マコ、ありがとう」

その一言にすべてを込めて、マコの額にそっとキスをした。

今朝もあなたにキスをして、今宵もまたあなたとキスをする。

END

この作品は小説投稿サイト・エブリスタに投稿された作品を加筆・修正したものです。

エブリスタでは毎日たくさんの物語が執筆・投稿されています。（http://estar.jp）

今宵は誰と、キスをする

発行――――●二〇一七年二月二十五日　初版第一刷

著者――――●滝沢美空

発行者―――●須藤幸太郎
発行所―――◉株式会社三交社
〒一一〇―〇〇一六
東京都台東区台東四―二〇―九
大仙柴田ビル二階
TEL 〇三（五八二六）四四二四
FAX 〇三（五八二六）四四二五
URL : www.sanko-sha.com
本文組版――●softmachine
印刷・製本――●シナノ書籍印刷株式会社
装丁――――●ビーニーズデザイン　野村道子
Printed in Japan

ISBN 978-4-87919-280-6